陈舜臣随笔集

通往天竺之路

[日]陈舜臣 著

崔学森 李文杰 译

中国画报出版社·北京

图书在版编目（CIP）数据

通往天竺之路 /（日）陈舜臣著；崔学森，李文杰译. -- 北京：中国画报出版社，2020.12
（陈舜臣随笔集）
ISBN 978-7-5146-1796-2

Ⅰ. ①通… Ⅱ. ①陈… ②崔… ③李… Ⅲ. ①随笔—作品集—日本—现代 Ⅳ. ①I313.65

中国版本图书馆CIP数据核字(2019)第205892号

Copyright © Chin Shun Shin 1991 printed in Japan
简体中文翻译版权由创译通达（北京）咨询服务有限公司独家授权代理

通往天竺之路

[日] 陈舜臣 著　崔学森　李文杰 译

出 版 人：于九涛
审　　校：崔学森
责任编辑：廖晓莹
责任印制：焦　洋
营销主管：穆　爽

出版发行：中国画报出版社
地　　址：中国北京市海淀区车公庄西路33号　邮编：100048
发 行 部：010-68469781　010-68414683（传真）
总编室兼传真：010-88417359　版权部：010-88417359

开　　本：32开（787mm×1098mm）
印　　张：7.875
字　　数：130千字
版　　次：2020年12月第1版　2020年12月第1次印刷
印　　刷：德富泰（唐山）印务有限公司
书　　号：ISBN 978-7-5146-1796-2
定　　价：58.00元

目录

001 / 第一章　西行先驱

073 / 第二章　天竺来客

129 / 第三章　通往天竺之路

244 / 后记

第一章 西行先驱

壹

三藏法师玄奘的少年时代正处于天下大乱时期。

他生于隋文帝仁寿二年（602）。关于他的出生年份，还有仁寿四年（604）、开皇二十年（600）、开皇十六年（596）几种说法。我觉得602年的说法较为妥当，前后几年的差距也算不得什么大问题。哪个年份都是"隋氏失御，天下沸腾"，玄奘在这样的乱世中度过了少年时代，这一事实不会改变。

上面的句子出自《大唐大慈恩寺三藏法师传》（以下简称为《法师传》），实际上在这一句之前，还被冠以"其后"二字。他出生时，天下尚未大乱。不仅如此，那还是一个可以称作人人心中燃起希望之火的时代。

长期以来——算起来大约400年间，中国一直四分五裂。虽然东汉灭亡、三国时代到来是在220年，但在此之前，

"三国的动乱"便已经开始——184年的黄巾起义已使天下分裂。西晋接受吴国投降,天下统一,但不过30余年,仅是昙花一现而已。其后五胡十六国的大分裂时期一直持续到南北朝时代。南朝中的陈,也于开皇九年(589)被隋所灭。

长久以来中国人盼望南北统一。正因分裂的时间如此之长,统一的愿望才更加强烈。隋的统一实现了百姓这一夙愿,可想而知当时举国上下都沉浸在何等兴奋和喜悦之中。

中国哲学认为,天地万物由阴阳而生,这也引出了国家唯有南北结合才能存续的信念。只有南北在经济上实现相辅相成,中国才能称得上是一个真正意义上的统一国家。隋统一之后,立即开凿连接南北的大运河,这也是自然而然的事。

分裂是异常时期,人们翘首以盼的是统一时代,这是每个人心中都有的想法。非常时期的方方面面必须改革。分裂时期南北方都是贵族政治。而贵族与其推举之人废除了运行国政的"九品官人法",代之以科举选举官员。这是与州郡制的大幅改革并举的措施,绝对称得上改变中国政治性质的重大事件。以往的"九品官人法",由中正官审查其才能与德行,再根据排名决定录用官吏。而审查的根据,是"风评"这种没有实质内容的东西。这种制度尤其重视门第,需要和手握推荐权的要人搞好关系。倘若变为以笔试来录用官吏，像以往门第和关系这样绝对的条件就不复存在了。长久以来，不知多少知识分子都因为这层障碍不得不放弃仕途，这一举措无疑为他们带来了希望。

隋的首都大兴城在南北统一之前就已经开始修建。隋朝是由文帝杨坚夺取北周政权而创立的王朝。文帝是一个了不起的人物，但他的猜疑心很强，一心想要抹去有关北周的一切。北周都城的位置与西汉都城长安的不二，因此也一直被称为长安。文帝破坏了长安，还故意挖池子改变了地形。接着在其东南角建立了新首都。原本是草原和丘陵的土地上突然出现了首都，因而得名"大兴城"。

将地面上的前王朝的痕迹消灭殆尽，俨然是对前朝耿耿于怀。虽说如此，建造新都鼓舞了人心，使人感到"好嘞，一切从这里开始"。负责建造首都的宇文恺和随后接班的何稠，都是工部尚书（相当于建设部部长），据说二人都来自西域，因此，这一工程便酝酿出"跟以往大不一样"的氛围。

野心十足的大规模建都工程耗时很长，隋灭亡时也没有完成。唐将其作为首都继承了下来，"大兴"这个名称被废掉，只是称其为京城。而世人用古都名称其为"长安"，"长安"便作为通称流传开来。建在隋大兴城之上的唐都长安,与之前的汉代长安相比,位置稍有不同。

连接南北方不能仅靠运河。怎样将长久以来被不同政权统治的民心连接在一起,也是一个大问题。北朝各政权寻求塞外民族和汉族的融合,对佛教寄予了期望。南朝政权也有如梁武帝一样热忱的佛教信徒,佛教盛况空前,甚至有诗歌称"南朝四百八十寺"。隋的当政者将佛教看作南北民众共同的信仰,十分重视,视其为联系南北的纽带。

敦煌莫高窟现存石窟492座。其中唐代建造232座,隋代建造79座。与唐连绵289年的国祚相比,隋只统治了37年。计算起来,隋代一年建两座,唐代不满一年一座。隋之前的北周政权持续了24年,以两年一座的速度,在敦煌建造了12座石窟。持续23年的西魏,只发现了7座石窟。

敦煌位于西北边境,其石窟的建造数量并不能原原本本地成为衡量佛教流行程度的指标。上述数字不过是现存的石窟数,可能还有被损坏或尚未被发现的石窟。然而,在隋统治的时间内,佛教信仰异常兴盛这一事实是毋庸置疑的。虽然可能有当政者奖励的因素在其中,但信仰也不是那样简单受人左右的事情。

玄奘出生于隋南北统一的10余年后。他两岁左右的时候,文帝驾崩,炀帝即位。大兴城建设的喧闹声此起彼伏，与之相呼应的是整个中国对一个崭新时代的憧憬。民心高涨的原因有很多，而佛教信仰便乘着这个东风逐渐兴盛起来。

但是，隋炀帝即位之后辜负了人们的期望。与其说政治失败了，不如说政治处于迷失状态。正所谓希望越大，失望越大。在那个幻灭的时代，玄奘度过了童年，又在天下沸腾的时代迎来了少年时代。不仅仅是天下大乱，之前隐约可见的些许微光也即将熄灭，对于人们来说，这一时代实在是过于残酷。

贰

玄奘俗姓陈，名祎，虽是陈留人，却生于缑氏。

陈留县隋时隶属梁郡，唐时隶属汴州，现位于开封市东南。而《大唐故三藏玄奘法师行状》（以下简称为《行状》）这本书则认为玄奘是颍川人。隋时颍川为郡，郡治（郡政府所在地）虽然距陈留县西南约100千米，郡的管辖范围却一直延伸至紧挨陈留的地方。因陈姓发祥于颍川河畔，上书的作者冥详便自然地将其看作颍川人了。东渡日本成为日本人的陈姓之人，如颍川入德[1]这样将发祥地地名作为姓氏的人也不在少数。《法师传》中，有"汉太丘长仲弓之后"的记述。

这即是说玄奘为东汉太丘县长陈寔（104—187，字仲

1　日本江户初期的名医，本名陈明德。

躬)的子孙。陈在中国是大姓,有几个分支,陈寔的后裔也是其中一支。实际上我的家族也将陈寔视作祖先。现如今恐怕有数百万陈姓人是陈寔后人。

县长在中国是地位较低的官员。秦始皇开创郡县制之时,将全国分为36郡,郡之下再设县。东汉时期郡级行政单位有150个,在其之下的县级也有近1200个。县也分大小,一万户以上的县,长官称为"县令";一万户以下的县,长官称作"县长"。县令的俸禄为600石至1000石,县长的则约为300石至500石。一郡之长太守的俸禄为2000石,如此便知身为县长的陈寔,其地位是何等之低。

虽说如此,陈寔却名声远播。管理百余人的太守尚且不为人知,而区区一个县令,陈寔的名字却无人不知。这有赖于他高尚的德行。在"九品官人法"之处已经作了说明,当时风评有着很大的分量,因为它是评价人的标准。

有几个关于陈寔的逸闻流传至今,今天仍在使用的成语中也有与他相关的故事,比如将盗贼称作"梁上君子"。某日,有盗贼潜入陈府,藏在房梁上。陈寔发现后,召集家人训诫道:"不善之人未必本恶,习以性成,遂至于此。梁上君子者是矣。"训诫子弟的同时,陈寔也是在对隐藏起来的盗贼进行说教。盗贼从梁上跳下来,谢罪之后,陈寔给了他两匹绢布。

表示难以分出高下优劣的成语被叫作"难兄难弟"[1]。

这个成语的典故来自陈寔的两个孙子元方和季方,他们都十分优秀。元方和季方的孩子相互争论,都说自己的父亲更加优秀,他们向祖父陈寔征求意见以判定高下。这时,陈寔便说出了上面这个成语。与陈寔的德行相比,我们不难想象,面对孙子们抛出的难题巧妙地摆脱困境时祖父露出的笑脸,可见陈寔回答得恰到好处。

在风评至上的时代,逸闻多的人最为光彩。与其地位相比,陈寔成为话题人物的次数很多。当时士大夫与宦官激烈抗争,皇帝近侧的宦官镇压知识分子。陈寔也被视作"党人",被捕入狱,但却不屈服。并且他任县长时为官清贫,从未有过背德弃义的行为。断案是地方官的重要工作,他断案公正,从未有人对他的断案有怨言。人们常说"宁为刑罚所加,不为陈君所短"。

汉中平四年(187)陈寔去世时,各地前来吊唁的人有3万之众。他虽非达官贵人,却深受众人爱戴。

孩童之时,我常常从父亲和祖父那里听到祖先陈寔的故

---

1 此处为该成语的本意,指兄弟均非常优秀。

事。虽说是自己的祖先，但这些1700多年前的故事总是遥远而陌生。对玄奘来说，这位祖先是400年前的人物。虽然也十分久远，但在那个家族血缘关系尚且颇具分量的时代，或许"梁上君子"的故事仍让少年玄奘激动不已。

据说玄奘的曾祖父陈钦在北魏末期曾任上党郡太守。上党郡位于山西省，因出产人参而知名。太守是2000石俸禄的官员，地位不低，但《魏书》中却并未为其立传。祖父陈康已身在北齐，曾任国子博士，相当于大学教授，地位大约与俸禄600石的官员相当。但随后，他获得了周南的缑氏县的食邑，因为要从那片土地获得年贡来维系生活，便举家搬迁过去。玄奘也出生在那里。因此按出生地来说，他是缑氏人，按祖籍来说是陈留人。

现在也有缑氏这个地名，位置也几乎没变。从洛阳穿过因石佛而出名的龙门，前往嵩山的途中便可经过缑氏。1980年我曾途经那里，那时好像不再是县，而是乡一级城镇，位于登封县与偃师县的边境处。虽是农村，但距离北齐的首都洛阳不过60千米。与陈留相比，交通十分便利，文化水准无疑也高出很多。这片作为食邑受封的土地虽不甚广阔，但只要没有战乱，当一个小地主，生活也不会有什么困难。

玄奘的父亲陈惠是一位眉清目秀的美男子，英杰有雅操。据说其身高八尺，按照一尺约为23厘米的汉尺来折算，已经超过了1.8米。

《法师传》中记载："时人方之郭有道，性恬简无务荣进。"郭有道是400年前与陈寔同时代的郭泰，字林宗。所谓"有道"是官员录用时的一种资格，郭泰虽被推荐，却并未出仕。他因评定人物准确而闻名，也有许多逸事流传至今，其中也有过于夸张的故事。据说玄奘的父亲与400年前的郭泰相似，除同样未当官之外，也有相貌上的因素。郭泰也是身高八尺，别人见到他似见到神仙一般。有一次，他遇到下雨，头巾的一角被淋瘪了。不过，这种造型十分适合郭泰，世人便模仿他将头巾的一角折起来。人们取他的字，将这种造型的头巾命名为"林宗巾"，风靡一时。

手握官吏推荐权的地方大员以"孝廉"[1]推举陈惠，但他以生病为由并未出仕。不过这是《法师传》的说法，根据《行状》，陈惠被推举"孝廉"之后，先就任陈留县令，后又任江陵令，但不久便辞职归乡。虽然就任了不大不小的地方官，但辞官之后便没有再"务荣进"。时值大业末年，距离隋灭亡也不远了。

---

1 与之前的"有道"一样，也是一种官员录用资格。——译者注

玄奘的母亲宋氏，是洛州长史宋钦的女儿。长史为俸禄600石的官职，与缑氏的陈家门当户对。不过，据《行状》记载，玄奘的祖父从国子博士一路晋升至司业（相当于大学副校长）和礼部侍郎（相当于教育部副部长）。但是，他做官的北齐不过是南北分裂后的北方再次东西分裂的"北之东"。虽说是副部长的级别，但毕竟只是四分之一的政权，应该算是中级官僚。虽然不是大富大贵的人家，但是家里研究学问的氛围很浓厚。玄奘茁壮成长之时，父亲尚未当官，因而能亲自教育子女。就这一点，玄奘无疑受惠颇多。

叁

　　玄奘是陈惠的第四个儿子。二哥名素,玄奘跟随父亲学习四书五经的时候便已在洛阳净土寺出家,法号长捷。

　　关于玄奘的大哥和三哥,几乎没有任何记载。不论是《法师传》《行状》,还是唐道宣编纂的《续高僧传》或智升的《开元释教录》,所有关于玄奘传记的资料都没有提及他的两个哥哥,有人说这是他们都早早夭折的缘故。另外他还有一个嫁给瀛洲张氏的姐姐,很长寿。玄奘56岁时与姐姐一起回故乡为父母扫墓,并置办棺椁改葬。为此请假的表文保留了下来:"但玄奘更无兄弟,唯老姊一人卜有远期。"可以看出,此时二哥长捷应该已经去世。关于二哥为什么早早出家,有人推测是因为他们的父亲没有做官而使家境清贫。

　　身为小地主,一般应是衣食无忧,但炀帝之后征调频繁，以致常常劳动力不足。我想家境清贫可能与这一点有关。

隋大业四年（608），玄奘7岁之时，为开凿运河，朝廷在河北征发百万劳动力。那时，壮丁不足就把妇女带走，这也成了惯例。由此可见，青壮男子不断减少，应该出现了不少有田地却无人耕作的情况。这为小地主造成了重创。

此时的运河叫永济渠，沁水以南为黄河，北通至涿郡。前一年为修筑从榆林至紫河的长城，刚刚征用了100多万壮丁。即便如此，筑城工程也未顺利进展，后来只好又征用了20万人。

根据《隋书》记载，同年三月（该书《东夷传》记为大业三年，即607年）日本遣隋使到达洛阳。进呈国书的开头是有名的"日出处天子致书日没处天子，无恙乎？"《隋书》中称其为倭王多里思比孤的使者，指的就是圣德太子。当时日本在位的是女天皇推古天皇。缑氏是从东至洛阳的必经之路，少年玄奘可能见到了当时的遣隋使一行。此时正值隋最强盛的时期，国力充实，但性格浮华的炀帝却大肆炫耀。金玉其外，败絮其中。因连年的征用，民力日渐衰弱。如缑氏县凤凰谷陈村陈家这样中级官僚辈出的小康之家，首当其冲地陷入了困境。

隋大业六年（610）元旦拂晓，几十名身着白衣的人焚香持花，口诵"弥勒佛驾到"从建国门进入宫中，宫门卫兵见此纷纷行礼。这些人夺去卫兵的武器，试图作乱，但被皇族[1]斩杀。其后因此事而受到连坐的有一千余家。

佛教信仰中，有"末法时代弥勒菩萨降世拯救众生"这一说法。听到弥勒下凡，民众自然会联想到"现在已经是末法时代了"。民生疾苦之时，民间便会出现弥勒信仰昌盛的现象。被连坐的千余家中，或许也有被诬陷的，但无疑确有企图造反之人。生活受到压迫，人们自然会图谋叛乱。

尽管如此，那一年正月十五，在洛阳的端门街举行了盛大活动。因为有外国首脑和使节到洛阳朝贡，炀帝有意震慑来使，便布置了方圆七八千米的大型剧场，进行各式各样的表演。史书记载：

> 执丝竹者万八千人，声闻数十里。自昏达旦，灯火光烛天地；终月而罢，所费巨万。

所谓"丝竹"是管弦乐器的意思。也就是有1.8万人一起演奏。虽然音乐声不能直接传到缑氏县，但如此前无古人的大型盛事，距离并不算远的缑氏县的人肯定会来凑热闹。陈家在洛阳应该也有不少熟人，又是年初，所以少年玄奘也跟

---

1 即齐王暕。

随父亲一起出行了。集会持续了半个月,我觉得他们至少会去一次。

与此同时,在洛阳的东市举办大型集市,外国买家可以随便吃喝。史书记载,见到用丝绸装饰树身时,有一个外族人问道:"中国亦有贫者,衣不盖形,何如此以物与之,缠树为何?"而官员"惭不能答"。

虽然表演一片祥和,但连外国旅行者都能看得出来贫富差距很大。

大运河虽已完工,但连弱女子都调动起来,简直是胡作非为。炀帝不仅打算将大运河用于南北方物资交流,还准备将其作为征讨高句丽的战备工程。其父文帝于隋开皇十八年(598)尝试远征高句丽,但最终铩羽而归。随后,高句丽派遣了谢罪使,两国关系暂且缓和了下来。

文帝远征失败的原因是补给未能跟上。若是大运河完工,那么军队和物资的运输便能有所保障了。隋炀帝既是野心家又好大喜功,想要用自己的双手完成其父未竟的事业。

隋大业八年(612),隋炀帝向高句丽派遣远征军,自己也前往辽东。当时以辽河为界,东为高句丽,西为隋朝领土。然而,此次远征仍以失败告终。辽东城久攻不下,隋水陆两军联络不畅,进攻乏术,遭到高句丽的游击,败退下来。

隋军渡过辽河之前,即尚在本国境内之时便受到巨大损失。隋炀帝下令在山东蓬莱建造300艘兵船,工人昼夜不停地赶工程,下半身一直泡在水中,三四成人因而丧生。陆地上的士兵也因必须某月某日之前到达某处的命令,导致昼夜兼行的强行军式行动,"死者相枕,臭秽盈路,天下骚动"。

苦力和车夫被征用从军的有60万之众。他们必须在规定时间内将规定额度运至目的地。定额未完成便会被治重罪,故而有逃跑事件接连发生。逃跑的人为了保护自己,便聚在一起武装起来,各地便形成了起义集团。

隋炀帝并未在失败中得到教训,第二年又派遣了第二次远征军。这只能说是丧心病狂的举动了,因为前一年仅士兵便有30万人损失。

第二次远征期间,礼部尚书(相当于文化部部长)杨玄感驻屯黎阳,受命负责输送,主要工作是监督将从扬州运送至通济渠的军需物资转运至永济渠。杨玄感的父亲杨素曾在炀帝即位之时立下大功,先帝文帝曾下诏废嫡杨广(炀帝),但杨素却将诏书束之高阁。文帝因卧病在床,束手无策,据说最后被他的儿子炀帝杀害了。杨素觉得自己立下大功,趾高气扬。据传,炀帝不喜他仗着对自己有恩便无法无天，最后将杨素毒杀。

杨玄感因此耿耿于怀，暗地里图谋起义。身为兵战负责人，却故意拖延物资输送，前线将士因此叫苦不迭。

逃跑的团伙一边唱着"无向辽东浪死"的反战歌，一边不断召集同伴。不仅仅服兵役的人逃跑了，那些担心被征的人也抢先一步，纷纷逃离自己的户籍地。当时，这么做的人除了加入起义集团别无他法。这一情形下，杨玄感便起兵包围了洛阳，却久攻不下。虽说真正的首都是大兴城，但毕竟还在建造中，因此作为实质上的首都，洛阳戒备森严。此时在辽东御驾亲征的炀帝赶紧调转马头，赶往洛阳平乱。远征高句丽整装待发的大军及时赶到，击溃了杨玄感的大军。虽然此次起义不值一提，但杨玄感在眨眼之间便聚集了10万兵力，可以看出隋已经失去民心。

杨玄感包围洛阳时，为收拢人心，打开国库广施百姓。炀帝镇压杨玄感起义之后，秋后算账，在此期间3万人被杀，6000人遭流放。而杨玄感打开粮库时领到粮食的百姓被尽数活埋。

时值隋大业九年（613），此时玄奘虚岁12。少年玄奘因兄长长捷法师之故与佛教结缘，曾在洛阳净土寺出家，但具体时间不详。当时并不能随便出家，必须获得官方许可。

有人为了弄清玄奘具体出家时间，去调查当时颁发的敕令，但由于并不是所有出家人都记录在案，所以直到今天都还没有头绪。

我对杨玄感包围洛阳时玄奘到底是在洛阳城中还是在乡野的缑氏县颇感兴趣，但现在一无所知。不过，其二哥长捷法师所在净土道场正是在杨玄感包围洛阳的大业九年（613）改名为"净土寺"的。不管玄奘在哪里，这位敏感而又正处在青春期的少年，肯定见到了洛阳周边如人间地狱般的景象。这势必对他的思想和信仰造成了极大影响。

肆

以洛阳为中心的"人间地狱",并未因杨玄感的起义失败而结束,只是从此拉开了序幕。隋守住洛阳,炀帝也从大兴城赶回洛阳,他为大量龙舟因杨玄感起义被烧毁惋惜不已。所谓龙舟,就是在船头处装饰着龙的游览船。他立即下令要求江南建造1000艘龙舟。隋大业十二年(616)七月,炀帝乘江南运来的龙舟经运河前往江都(扬州)。炀帝的皇太子去世早,他让自己的两个孙子杨侑和杨侗分别留在大兴城和洛阳,自己则打算一直住在扬州。

有一个叫李密的人,曾因支持杨玄感被抓,后来又顺利逃脱,在河南集结大军,屡次进攻洛阳。隋为驰援洛阳,派出出身西域的王世充。

隋大业十四年(618)三月,炀帝被右屯卫将军宇文化及所杀。近卫军的士兵均出身北方,炀帝却不想离开扬州,士兵们不杀掉他便无法回家。可以说,扬州的宫廷里尽是谋反之人。

率领援军进入洛阳的王世充听到炀帝在扬州被杀的消息之后,便让炀帝的孙子杨侗即位,改元皇泰。大兴城有炀帝的另一个孙子杨侑,已于前一年禅让于李渊,年号义宁。那时炀帝仍然活着,但已经退位,成了太上皇。听到炀帝死讯后,皇帝杨侑便禅位给李渊。李渊即唐高祖。现将公元618年发生的大事件整理如下:

大业十四年,炀帝被杀。
皇泰元年,杨侗在洛阳即位。
隋义宁二年,杨侑在大兴让位给李渊。
此时虽然是隋义宁二年,但从五月甲子开始便成了唐武德元年。

如上所示,这一年共用了4个年号。此时玄奘17岁,他从洛阳前往大兴城。因为唐废除"大兴"之称,此时应该叫长安。

为何离开洛阳,是因为那里已经成为"豺狼之穴"。根据《法师传》记载,他向兄长长捷劝说道:"此虽父母之邑而丧乱若兹。岂可守而死也。余闻唐帝驱晋阳之众而已据有长安。天下依归如适父母。愿与兄投也。"哥哥也同意了玄奘的意见。

杨侗在洛阳即位，不必说他是王世充的傀儡，如同长安的杨侑沦为李渊的傀儡一样。不同的是，王世充虽然是洛阳实际的主人，但洛阳已被李密的大军包围。而且长安的李渊是隋的名门——八柱国中的一人，而出身西域的王世充并非隋之正统。从王世充本来的姓氏"支"可以看出，他应该是月支人。另外，包围洛阳的李密和李渊一样，也是八柱国中的一员。

洛阳的局势十分不稳定。杨侗身边应当有炀帝幼时便跟随左右的亲信。这时作为援军进城的王世充虽然可靠，但比起坐地户，毕竟还是新来的。更何况他还是个来历不明、发色奇怪之人。王世充凭借援军的兵力镇压了洛阳的旧势力，但元文都、卢楚这样的旧势力代表对此心怀不满，暗中策划着反王世充的运动。

洛阳的另一个不安定因素是杀掉隋炀帝的宇文化及。他率领近卫军大举北上，直指洛阳。此时的洛阳城既有王世充派又有反王世充派，李密久久难以攻克，而此时宇文化及又从南边挥师北上。如此一来，李密或被洛阳的王世充和北上的宇文化及两面夹击。而洛阳方面则可期待兵临城下的李密阻止宇文化及北上夺取洛阳。

但洛阳的反王世充派则试图招降李密。王世充能够在洛阳城内肆无忌惮地胡作非为，正是因为他手握兵权，洛阳城除了他的军队没有其他武装力量。若能招降李密，则可以引入第二个武装势力。更何况对这些杨侗身边的旧势力来说，比起西域人王世充，八柱国之一的李密要熟悉得多。双方交换使者后，李密接受了皇泰主[1]赐予的爵位，并领命攻打宇文化及。背负弑君之名的宇文化及军队自然士气不振，很快被李密击败。之后李密便准备将军队开进洛阳，按照之前的约定入城辅佐皇泰主。但是招顺李密是反王世充派的主意，王世充对此自然不知情。招降李密的反王世充派被王世充迅速肃清，随后王世充加紧攻击逐渐接近洛阳的李密军。此时李密因为刚击溃宇文化及军而有所松懈，遭受突击，溃不成军，不得已之下只好逃至长安，向李渊求救。

洛阳的王世充完全扫除反对派之后，不久便废掉皇泰主，自立为帝，国号为"郑"，年号"开明"。

王世充称帝之时是在玄奘前往长安的第二年，即公元619年。但以上一连串的事件几乎都发生在玄奘尚在洛阳的时

---

[1] 王世充拥立的杨侗没有皇帝资格，后世史家仅用其年号称呼他。——译者注

候,这也是他离开洛阳的背景。

人们对王朝更替已习以为常。隋于37年前夺取了北周的天下。当时的杨坚(隋文帝)与37年后的王世充或李渊并无二致。被夺取了天下的北周也在24年前篡夺了西魏政权。而西魏则是23年前北魏分裂之后建立的一个王朝。面对这些分裂与夺权,人们毫不吃惊。实力即是一切,分裂或是夺权都是理所应当的事。

如此一来,"这一切难道不是虚幻吗"这样的想法也应运而生。虽然佛教是外来的宗教信仰,但提倡"空",并追求解脱。它盛极一时也算这个实力至上的时代的一个侧面。

伍

洛阳虽是古都,但隋都洛阳却是一座新城。洛阳毁于北魏末年战乱,大业元年(605)隋炀帝令西域人宇文恺重建洛阳。据说每月都要动员200万劳动力,并将附近居住的几万名富商以近乎强迫的方式安置到别处。新洛阳城位于古都洛阳以西约15千米处。中国最古老的佛寺白马寺原本坐落于洛阳城西门外,但因隋将洛阳城向西移动15千米,白马寺便在新洛阳的东郊了。新洛阳实际上是越过白马寺而新建的,今天的洛阳市因为位于隋之后的位置,所以白马寺仍在东门外。

新洛阳起初被称作"新都",后来一般称其为"东京"或者"东都"。洛阳城给人以古旧之感,但对玄奘来说,在他4岁时开始动工的这座城市,还是一座新城。

新洛阳建成后,隋大业四年(608),北魏时代兴建的净土寺也一并迁了过去,位置在焕然一新的新洛阳建阳门内。因为是将旧建材拆解之后再重新搭建的,这座寺庙可能没有那么光彩夺目。顺便一提,玄奘在印度留学时这座寺院曾搬到一个叫毓财坊的地方。武则天统治时各地修建大云寺,这座净土寺便成了洛阳大云寺。

玄奘的兄长长捷法师或许曾入住迁至新洛阳前的老净土寺,而玄奘则肯定是住进了搬迁至建阳门内的新净土寺,此时身在李密包围的洛阳城内,生活上不便也不言而喻。

东都米斗三钱。人饿死者十二三。

这是《资治通鉴》大业十三年(617)的记载。隋代的1斗约为6升,是日本1升的三分之一。虽然写着1斗米3钱,但是从后文来看,这一记载主要是想描述因为米供应匮乏而导致十人里有两三人饿死的惨状。由此推断,这应该是笔误,可能是"三"和"钱"的中间漏了一个"千",也可能是"千"错写成"三"了。据记载,因为米价高涨,有二到三成的百姓饿死,可谓是活脱脱的"人间地狱"。同书第二年记载,"东都乏食"。大府卿的元文都招募不吃公粮的守城士兵——自己带饭的士兵。同时对那些给士兵供给食物的人授予散官[1]。当然这些人并不是有觉悟,不过是有闲财罢了。

---

1 非正式官位,但享有其官位相当的待遇。——译者注

> 于是商贾执象而朝者，不可胜数。

能供给食物的都是大商人，他们通过捐献以获得名义上的官职。按照当时的制度，五品以上的官员手持象牙做的笏板。这里即是说手持象牙笏板入宫觐见的商人数不胜数。

食物不足无疑是因为商人强买强卖。捐献的商人众多，也许其中有爱国、爱洛阳的因素，但不可否认他们是以提供粮食获得官职，将其当作免罪符，避免因强买强卖而遭受刑罚。

那么，净土寺的粮食供应又如何呢？正式出家的僧人持有朝廷敕令，所以跟官吏一样，由国家保障生活，此外自然还有虔诚信众的施舍。所以待在寺内虽然不能保证吃饱饭，但不至于饿死。但是，僧人们却亲眼目睹了城中百姓挨饿的惨状。17岁的玄奘也在其列，他也应该主持过不少饿死者的葬礼吧。感情丰富的玄奘，是怎样看待这一切的呢？因为他未曾提及这些事情，我们只能去揣测了。

再怎样远离世俗，佛门圣地也应该会传来洛阳政治斗争的消息。佛寺依靠财政维持，正因如此，那里的僧人，特别是高僧不可能对政治毫不关心。

政治斗争的热门话题，年轻的玄奘也应该有所耳闻。皇泰主手下有7名重臣把持洛阳政务，人称"七贵"。但实际上，被封为郑国公且身居要职的王世充一人独大，大搞个人独裁统治。除了手握兵权之外,他丧偶之后还与皇泰主的姨母再婚,地位又进一步上升。

"七贵"之中反王世充派的文元都与卢楚惨遭杀害,皇甫无逸逃往长安。他们原本计划发动军事政变推翻王世充,但参与其中的另一位"七贵"段达因为害怕,便向王世充告发了此事。

皇泰主其人虽然"眉目如画,温厚仁爱,风格俨然",但毕竟还是太年轻,无力与王世充抗衡。虽然他老实地让位于王世充,完全放弃了反抗,但最后还是惨遭毒杀。他似乎早已明白自己命不久矣,便将国库中的大量织锦和丝绸捐赠给佛寺,制作佛具,委托僧人向穷人布施。但不久后他连处理国库物品的自由都没有了。

从上面的逸闻可以看出,皇泰主杨侗也是一名佛教徒。至于他是在预见到自己的悲惨命运之后才皈依佛门,还是在此之前就一直信佛,便不得而知了。王世充赐给他毒酒之后,他便设席焚香礼佛,说完"愿从此不生帝王尊贵之家"后将毒酒一饮而尽。这位皇泰主应该一直与净土寺有联系。

唐武德四年(621),洛阳重归唐军之手,李世民(唐太宗)进城之后看到隋宫,感慨"逞侈心,穷人欲",并加上一句"无亡得乎"。攻陷洛阳后,李世民做的第一件事就是下令在全城僧尼中各选30位有名德者留在寺中,其他人通通还俗,可见洛阳城中僧尼人数之多。此时玄奘刚好虚岁20,如果一直留在洛阳净土寺,应该会被强制还俗吧。

王世充统治下的洛阳城如同一座大监狱,他早已失去人心。不,事实上用"失去"的说法并不正确,因为从一开始他就没有得过人心。他一直战战兢兢,害怕有人叛乱,便将有背叛嫌疑的部下一个一个地投入牢中。当然,这样做并不需要什么确凿的证据。

因为对百姓的压榨实在过分,所以其治下的人们不断逃亡。为此王世充建立了邻保制——逃亡者的家人不必说,连其邻居都要被处刑。但如此一来,逃亡的规模反而不断扩大,愈演愈烈。这是因为一旦想要逃跑,大家便会集体行动。

据《法师传》记载,玄奘劝说兄长长捷法师前往长安,当时的状况是"衣冠殄丧,法众销亡,白骨交衢,烟火断绝"。"衣冠"指的是士大夫,也就是说再大的官也难逃一死,而灾祸也波及寺里人。街头白骨累累,这种形容也不是夸张。"烟火"指炊烟,"烟火断绝"无疑是指人们已经无法活下去了。

玄奘逃离洛阳是在王世充篡位之前,若稍有迟疑,肯定会被视作逃亡。如此一来,身在缑氏的父亲也就危险了。虽然玄奘的父亲在大业末年便去世了,但玄奘离开洛阳时依然健在,得出此结论的理由是前面所说的唐显庆二年(657)玄奘为父母的坟墓改葬时,"问姊父母坟陇所在"。如果玄奘在离开洛阳前父亲已经去世,那么下葬时他肯定会在场,这样一来就没必要向姐姐询问墓地在哪里了。表文里写着父亲去世40余载,但这一年其实是玄奘离开洛阳的第39个年头。"40余载"可能只是一种修辞技巧,但也有可能在他逃离洛阳前父亲确实已经死了,这些事情都难以理清。若是父亲去世是玄奘出逃洛阳的动机,那么为何忘记了重要的墓地位置就成了问题。不过,也有可能是地形改变的原因。

无论如何,隋末的洛阳生灵涂炭,而这一切都被玄奘看在眼中。

当时,洛阳的国子监中有一位叫徐文远的老人,学问渊博,玄奘的父亲陈惠可能也是他门下的弟子。据说,占领洛阳的王世充和攻打洛阳的李密也是他的弟子。有一次,徐文远出洛阳时被李密军抓住,带到本部后,李密自然是大吃一惊。虽然李密殷勤招待,不敢怠慢,徐文远却对李密"倨见"[1]。但在洛阳城内，徐文远每次见到王世充必先行礼。他身边的人便问，同样是弟子，为何对他们的态度如此不同。徐文远答道："魏公（李密），君子也，能容贤士；王公（王世充），小人也，能杀故人，吾何敢不拜！"可见小人治下的百姓，活着是多么困难。

在隋末这样一个特殊的时代，被王世充这样一个特殊之人所君临的洛阳变成了惨象寰生的"人间地狱"。这种情况势必会影响玄奘思想的形成。

---

1 傲慢地蔑视。——译者注

陆

隋炀帝从受封为晋王的皇太子时代开始便笃信佛教。他请出为避战乱而隐居庐山的天台宗大师智𫖮，为其授予菩萨戒。这件事十分有名。智𫖮那闻名天下的"智者大师"之称号也是由晋王所赠。晋王时代的隋炀帝在江都（扬州）任扬州总管时，曾在那里设置4座道场以招徕优秀的宗教人士，其中佛寺、道观各两座。两座佛寺分别为慧日寺和法云寺，江南名僧云集于此，其中最有名的是会稽嘉祥寺的主持吉藏大师。吉藏大师俗姓安，虽是安息（中亚的帕提亚）人，却出生在金陵（南京）。

晋王即位后，在洛阳也设了内慧日道场。内道场即是服务宫廷的宗教活动中心，也招待了不少名僧，慧景、敬脱、道基、宝暹等大德之名都记录在册。据《法师传》记载，玄奘在洛阳时，曾向景法师学习《涅槃经》，向严法师学习《摄大乘论》。"景法师"应该是慧景,但这个"严法师"是谁却不得而知。30多年后,玄奘亲自翻译《摄大乘论》。当时严法师所用的文本可能同自真谛之手。也就是说,玄奘在20岁之前,接触到唯识论。不过,此时的玄奘年龄尚小,却亲眼目睹了"人间地狱"的惨象。他不仅亲眼目睹了饥饿、无力、眼神空洞的人们挣扎在死亡的边缘,还为之料理后事,想必他本人也曾忍饥挨饿,死亡阴影常伴左右。

玄奘因留下大批准确无误的译经,是人尽皆知的"学僧"。然而结合他成长的时代和生存环境,仔细想来便知他不是为了寻求知识和学问而接触佛法的,生活在人间地狱中的玄奘应该是在向佛法寻求关于死的看法,学问不过是其探寻的路径罢了。

不得路径,便探寻无果。洛阳城中已经没有多少玄奘想要前去请教的良师了。《续高僧传》记载,玄奘弃洛阳前往长安正是为了向道基学习,因为曾为慧日道场名僧的道基已经离开洛阳。被称为"成实论泰斗"的敬脱也在隋大业十三年(617)去世,享年63岁。那是玄奘逃离洛阳的前一年。

洛阳的上林园中设有翻经馆,隋末混乱时期虽有译经活动,但未必有多少成果。那里曾有一位天竺僧人达摩笈多,也称作"法密"。他本是南印度人,隋开皇十年(590)从瓦罕走廊至帕米尔高原,再经塔什库尔干到达喀什,最后经由库车、吐鲁番抵达大兴城。他起初住在长安大兴善寺,隋炀帝即位后奉命前往洛阳上林园翻经馆。达摩笈多在唐武德二年(619)圆寂于洛阳。那是玄奘离开洛阳的第二年。

空海入唐不久便崭露头角,这与其能熟练使用汉语有莫大关系。但他在入唐前在哪里、向谁学习汉语是一个疑问。玄奘虽也类似,但留学印度长达17年之久,与仅仅待了两年的空海似乎没有可比性。诚然可以到印度之后再学语言,但玄奘在真正前往印度很久之前便有此打算。如此一来,他自然会考虑学习梵语,并为之做准备。他最可能求教的老师便是很久之前入唐、能熟练运用汉语的天竺僧。如若只是学习梵语,也可请教天竺商人,但还要学习佛法,所以一定得请印度僧侣当老师。

玄奘何时出家虽无定论,但可知他在洛阳净土寺修行了数年。据《法师传》记载,玄奘学习《涅槃经》《摄大乘论》时,"一闻将尽"[1],令众人惊叹。13岁时,他的"美闻芳声"[2]开始传播。《法师传》记载,玄奘出生年份为隋

---

1 只听一遍便几乎可以尽数理解。——译者注
2 绝佳名声。——译者注

仁寿二年（602），按此计算，玄奘虚岁13岁时即大业十年（614）。玄奘于大业十四年（618）离开洛阳，那么他作为僧侣在洛阳至少待了4年，在此期间，他应该有与达摩笈多见面的机会。

达摩笈多从进入长安到在洛阳圆寂，一共度过了29年，其间也在翻经馆译出了《摄大乘论》。天才少年玄奘从严法师那里学习《摄大乘论》，并为其深深吸引，他对原文产生兴趣也在情理之中。如此一来，他肯定会经常前往位于洛水南滨的翻经馆，拜访达摩笈多。如前所述，玄奘所学的《摄大乘论》应该是真谛所译。当时真谛译本最为流行，摄论宗也是以此为基础而创立的。倘若玄奘果真去拜访达摩笈多，他们讨论的话题不会仅局限于唯识论。达摩笈多肯定会从自己的出生地印度及佛迹之类的话题开始，一直讲到翻越帕米尔和天山南路之旅。我推测，"通往天竺之路"的信息最早是由达摩笈多传达给玄奘的。

玄奘兄弟在隋大业十四年（618）某月移居长安。这一年动乱达到顶峰，针对隋的起义此起彼伏，唐王朝在长安建国，各地群雄割据，这其中佛教徒之乱最巨。

河北怀戎县（幽州涿郡）一名叫昙晟的沙门，拥5000僧众起兵，杀死隋朝的县令和镇守大将。昙晟自称为大乘皇帝，立尼姑静宣为邪输皇后，改元法轮。

同在幽州的还有一支由高开道领导的起义军力量。他本来是制盐商贩，参加农民起义军之后成为首领。他与隋将李景作战，并夺下北平[1]，攻陷渔阳郡后自称为燕王，建都渔阳（北京），定号始兴。但随后被大乘皇帝昙晟招安，立为齐王。高开道从一开始便心怀取而代之的企图，假装带领5000人马归顺，几个月后便杀死昙晟，吞并他的部下。此时玄奘离开洛阳向西出发，于他而言这件事发生在自己身后。这一年与洛阳王世充争斗的李密投降了长安的唐军，所以玄奘一路上理应没有遇到战事。但不必多说，人心不稳。

对于玄奘来说，这是人生第一次远行。路上，他可能在一边向西前进，一边在心中勾勒着从达摩笈多那里听到的帕米尔或天山南路的旅程吧。

---

[1] 古地名，今河北省秦皇岛市卢龙县。——译者注

柒

抵达长安的玄奘抑制不住内心的失望。长安在唐的统治之下的确安定下来,但是新政权在如何恢复秩序,以及对各地群雄割据是讨伐还是怀柔的问题上一直争论不休。《法师传》中可见:

> 是时,国基草创,兵甲尚兴。孙吴之术斯为急务。孔释之道有所未遑。以故京城未有讲席。

孙子、吴子的兵法为要紧事务,已经没有顾及孔(儒)、释(佛)之道的余地了。玄奘为习佛法来到长安,那里却已经没有传授佛法的地方了。

玄奘与兄长暂宿庄严寺,他们肯定第一时间打听了曾在洛阳道场的名僧的消息。曾经请教过的慧景、道基、宝暹本应在长安,但来了之后却不见一人,原因是他们与玄奘同样感到失望。新王朝刚建立时期的首都不是研究佛教或学问的理想场所。或许长安四处弥散着把这些当作累赘的情绪。

《新唐书·高祖本纪》武德元年（618）六月癸巳条目记载："禁言符瑞者。"所谓"符瑞"即"上天传达的吉兆"。新王朝初建，很多人把一些若有若无的事情说成是上天的吉兆以迎合统治者。虽然那些溜须拍马的人无伤大雅，但那些有意破坏的流言同样也可能借着"天意"的幌子扩散开来。比如"即将发生天地异变，新王朝长久不了"之类。世间尚不安定，新政权的首要任务就是稳定民心，而动摇民心的言论自然会让他们绷紧神经。

不设佛教讲席的原因恐怕就是新政权的禁令。即便不是公然发布禁令，但不欢迎聚众演说的意思也应该传达给各个寺院了。否则，设置讲席成本并不高，寺院也不会不做讲经活动。乱世中的人们寻求灵魂安息和精神支柱，要是知道有讲经活动，便会蜂拥而至。寺院本应为满足民众需求而提供这些服务，但不可思议的是，那时却对其置之不理。

不仅仅是佛法，儒学也不受欢迎。唐高祖李渊身为隋的重臣，却取而代之，按照儒家的纲常伦理是难以从正面评价的。新政权根基尚浅，不能容忍丝毫的批评，所以便借取缔流言蜚语的名义大行言论管制。

从混乱中心洛阳来的大德高僧们满心希望见到一个充满新气象的长安,却大失所望。

隋炀帝还是皇子时曾在江南任扬州总管。当时他除了召集名僧硕学,还收集了大批经书典籍。被立为太子之后,他便在长安建立了日严寺,将在扬州收集的经书搬到了那里。因此,从洛阳而来的僧人满心以为只要去长安便可以尽情地研修、讲习佛法。期望过大,失望越大。当时有消息说四川政局稳定,佛教兴盛,不受统治者的制约。这不是传闻,而是从四川到长安的人的亲身体验。僧人对于没有讲席的长安没有任何留恋,纷纷前往四川。

见此情形,玄奘便劝说兄长,"吾亦往绵蜀焉",而兄长也并无异议。四川成都一带曾经称作绵州。如今的成都,隋时称为绵阳县,而"蜀"自古以来指四川一带。玄奘所说的"绵蜀",是对四川的中心成都一带的笼统称呼,而玄奘兄弟以前的老师都在那里。

兄弟二人经由子午谷到达汉川时,遇到了空、景两位法师。《法师传》中记载:

> 皆道场之大德。相见悲喜停月余。

"空"是何方神圣不得而知,但"景"无疑是前面提到的慧景。"道场"即洛阳城内的慧日道场。二人曾是那里的学僧,故慧景是玄奘兄弟的旧师,再次相见自是悲喜交加。他们悲的是在这样的乱世之中彼此遭受的苦难,喜的是总算活了下来得以重逢。

"汉川"指的是已经接近陕西与四川交界的汉中。在这里"停月余"期间,兄弟二人如饥似渴地向他们的师父学习。不久之后兄弟二人与两位师父一同前往成都。

> 诸德既萃大建法筵。于是更听基、暹摄论、毗昙及震法师迦延。敬惜寸阴励精无怠。二三年间究通诸部。

成都没有辜负他们的期望。名僧云集此地,大设佛教讲席。

"基"指的是道基。据说玄奘离开洛阳就是为了向他学习。"宝暹"同道基一样,是靖嵩(也作静嵩)门下,曾与北天竺出身的阇那崛多一同活动。阇那崛多于北周武成年间(559—560)到达长安,入住草堂寺。但北周武帝即位后,大兴灭佛运动,他也被强制遵守儒家礼仪。他拒绝服从,逃往突厥,那是北周建德三年(574)发生的事情。他与10位同仁一起,在西域寻找经书,共得梵本260部,而宝暹即为10位同仁中的一人。北周被隋消灭后,佛教复兴,宝暹便携带梵本回到长安,与大兴善寺的僧众一起从事翻译活动。但因为音义上有百思不得其解之处,他便邀请仍在突厥的阇那崛多回来。随后的达摩笈多继承了阇那崛多的衣钵,先住大兴善寺,后移至洛阳的翻经馆。

据说玄奘在成都停留了两三年,正值其18岁到20岁。受惠于良师,他的佛法研修大有进步,并且因成都等蜀地未经战乱,物资丰富,佛法讲座兴旺,常常有数百人聚众听讲。僧侣来自各地,成都的信息经由他们传遍各地。玄奘"聪慧多才的青年沙门"的名声便从湖南、湖北一直传到江南各地,不仅限于蜀地本身。

> 法师年满二十。即以武德五年。于成都受具坐夏学律。

当时似乎有一个规矩,年纪不满20岁便无法受戒。所谓"受具",即受具足戒。"具足"为完全具备、十分满足、不缺少任何东西的戒律的意思。因此,受具是佛教中的成年仪式。

捌

虽然接受了完全的戒律、成为了独当一面的佛教僧侣，其才能也广为人知，但玄奘的内心并未满足。他那过目不忘的超群记忆力是他研修佛法的不二利器。

受具之后需要"坐夏"学习戒律。他一遍就掌握了"五篇七聚"。所谓"坐夏"也叫"夏安居"或是"安居"，即在一夏九旬期间，寻找一处地方静修。这本是印度修行者的习惯，因为雨季之时，不知不觉便会踩死草木小虫，于是避免外出，静坐修行。这个规矩同佛教一起传入中国，随后传入日本。因地域和宗派的不同存在一些小差异，通常在5月中旬之后的90天内进行，这是一个静下心来细细思考、自我反省的好机会。"受具"之后的"坐夏"，自然是学习戒律、静心思考的时间了。

关于具足戒，比丘有250戒，比丘尼有384戒必须遵守。

比丘的250戒分为5种,被称作"五篇"[1];犯下罪行的根源被分为7类,被称作"七聚"。学习"五篇七聚"时,首先要逐条记下,然后就每一条细细思考。在这个过程中,可参透各条罪行的内容,直视人类的内心世界。记忆天才玄奘转眼间便记下了分为5类的250戒,他的思考时间显然要长于他人。

凭借极其明晰的头脑和敏锐的理性思维,玄奘可以用比所有人更为闪亮的光芒照亮自己的内心世界。然而,即便如此也仍有未被光芒照射到的地方,光亮仍然不足,或者说,也许必须要被其他的光芒所照耀。

必须接受更多的光芒照耀自身,或者必须寻找其他光芒将其内化于心,为此必须更刻苦地钻研和积累。但是,如今的成都可以说已经没有什么可学的了。成都这里确实聚集了许多名僧高师,但玄奘在三年间已经穷尽他们所学。在成都还可以听到各地高僧的消息。玄奘学习过多遍的《摄大乘论》,其译者真谛已于50年前圆寂。但协助其翻译的道尼高徒慧休和道岳仍然健在。慧休住在相州(河南)的慈润寺,道岳住在长安的大觉寺。慧休年近八旬,若要向

---

[1] 日本佛教的南都读作"gohin",北岭读作"gohen"。——译者注

其请教佛法，就必须赶快动身。而因成实论扬名的道深则在赵州（河北）。

出行并不只是为了向各位前辈求教，在旅途中增长见识，积累经验，与众人接触，也是再好不过的研修。从洛阳到长安，再从长安到成都，在少年时期的旅行中，玄奘感到了自己的成长。他似乎很享受这种旅行。

虽然玄奘想要离开成都踏上新的旅途，但兄长长捷却完全适应了成都的生活。对长捷而言，成都是一个很舒适的地方。

玄奘兄弟二人均为与父亲一样的美男子，学问也都十分精深。人们称赞道："虽庐山兄弟无得加焉。"所谓"庐山兄弟"指的是慧远（334—416）和慧持（337—412）两兄弟。因为兄弟二人都十分优秀，且学问精深，人们便怀着羡慕的心情，将他们比作"庐山兄弟"。

长捷法师除了佛典之外还喜好中国古典，尤其精通老庄之学。这与一心一意埋头钻研佛法的弟弟稍有不同。玄奘终其一生几乎未作过诗赋，而长捷法师则相反，常常作诗，据说他的诗作还广被蜀地文人相传。这样看来，比起"哲学青年"弟弟玄奘，长捷法师应该是一个文学青年。他也非常善于交际，被有权势的人推崇，似乎有许多拥趸。他一直是文艺沙龙的中心人物，所以他喜爱成都，不愿离开那里。"庐山兄弟"也是如此，弟弟慧持60岁之后便告别兄长，从庐山前往成都。如今，玄奘兄弟分别的日子也到来了。

"如此令人心情舒畅的地方只有这里了。""人人安定，没有战乱，物资丰富。""这么好的地方，你为什么还要离开呢？"长捷法师试图挽留弟弟。《法师传》也记载，玄奘推迟离开成都的原因是"条式"，即法律，以及兄长的挽留。

> 乃私与商人结侣。泛舟三峡。沿江而遁。

虽然《法师传》中这样记载，但至少当时受戒的僧侣似乎不能随便更换住所。玄奘偷偷地化装成商人，从三峡沿着长江悄悄逃走了。"遁"字说明玄奘的旅行是不合法的。

玄奘之后前往印度时也是如此，出发时违背了国禁。但对玄奘来说，行动的第一标准是是否符合佛法，而国法则位居其次。"条式"到底是什么实在不得而知，但似乎玄奘离开成都并未遭到处分。他下三峡出荆州（湖北），到达天皇寺留宿时，受到当地僧俗各界人士热烈欢迎。他作为成都的才俊名声广为流传。受人们的请求，玄奘从夏天到冬天将《摄论》和《毗论》分别讲解了三遍。

当时的荆州都督是汉阳王李瓌，他是高祖李渊的堂弟李安之子。他还是郡公的时候,因为促成与突厥颉利可汗和议有功,被封为汉阳王,代替兄长李孝恭任荆州都督。他早已听闻玄奘的名声,便亲自前去问候,玄奘讲课时他还率领幕僚一同听讲。无论道俗,有一技之长的人都云集于此。讲课中还有答疑环节,难解的问题接连不断,但玄奘都会细致入微地耐心解答。听众中甚至有人因深有体悟而感动落泪。都督对此赞叹不已,施舍了数不胜数的财物,但玄奘丝毫未取。

离开荆州后,玄奘心怀遍访高僧的夙愿,继续踏上旅途。他先去拜访远在赵州的道深,学习了成实论;接着前往相州向慧休问了许多问题,以解决他的疑惑;最后他进入长安,向大觉寺的道岳学习俱舍论。

玖

玄奘的游历一直从唐武德六年（623）持续到武德九年（626）。

此时，唐朝的根基终于稳固下来。最大的军阀洛阳王世充也被高祖的次子李世民所灭。高祖的长子皇太子李建成在北方边境作战，展现出卓越的统率能力。负隅顽抗的刘黑闼大败于李建成军，随后被诛杀，时间是武德六年（623）二月。刘黑闼曾经一时占领相州，而玄奘能够去相州拜访慧休，正是因为那里当时已经平定。国内局势终于稳定下来，旅行也变得安全了许多。

消灭了刘黑闼军后，唐将目光转向北方。唐与突厥和吐蕃尚有争端，军事和外交两方面都让人焦头烂额。但此时，唐内部却出现了严重的问题。尽管暗地里已是波涛汹涌，但表面仍是风平浪静。问题的源头便是皇太子李建成和其弟秦王李世民关系不和,这是兄弟之间的帝位之争,已经无法避免。话虽如此,那毕竟是庙堂之上的争斗,与平民无太多关系。

因为政局稳定了下来,打天下时期的临时性禁制也多多少少有所缓和。长安也终于可以设佛法讲席了。长安除了道岳,还有法常、僧辩两位名扬天下的高僧。再次回到长安的玄奘肯定前往拜访了两位高僧,他们也为了讲授了《摄大乘论》。

法常(567—645)为慧颙(也作智颙)的弟子,住在长安普光寺,随后成为皇后的戒师[1],著有《摄论义疏》。他是玄奘最关注的唯识论的权威。僧辩(566—642)乃张氏南阳人,与法常同姓同乡。他为人谦虚,曾经前去听比自己小两岁的道岳的讲经,后来也成为玄奘翻译事业的助手。

与玄奘接触过的这些名僧,均对他赞叹不已。法常与僧辩感慨玄奘的出现真乃佛门幸事。据《法师传》记载:

> 二德并深嗟赏。谓法师曰:汝可谓释门千里之驹。再明慧日当在尔躬恨吾辈老朽恐不见也。

虽然这番话是法常还是僧辩说的不得而知,但可能两个人常常将这些话挂在嘴边。

---

[1] 出家弟子对其受戒师父的尊称。——译者注

与玄奘第一次从洛阳来长安时不同,此时,长安已经可以自由宣讲佛法,各个寺院也恢复了活力。但实际上局势正渐渐向着不利于佛教的方向发展。说一千道一万,对中国来说,佛教是外来的宗教信仰,自然会成为心胸狭窄的人的攻击靶子。再加上针对寺院实行租税等方面的优待政策,令一些人产生了因妒生恨的反感情绪,并且佛教界内部也出现了为人诟病的腐败问题。

事件始于太史令傅奕向高祖上疏"请除佛法疏"。太史令为从五品下的官职,主要负责观察天文,稽定历法。这一职位观察日月星辰变化或风云气象异变,故而有些神官的色彩。这件事也可以说是中国神职人员对外国神灵激烈的排斥反应。

> 佛在西域,言妖路远;汉译胡书,恣其假托。使不忠不孝削发而揖君亲,游手游食易服以逃租赋。伪启三涂,谬张六道,恐愒愚夫,诈欺庸品。乃追忏既往之罪,虚规将来之福;布施万钱,希万倍之报,持斋一日,冀百日之粮。遂使愚迷,妄求功德,不惮科禁,轻犯宪章。

上疏连篇累牍,其中有人提到天下僧尼有十万之众,要是让他们分别成婚,那么就能多出十万家庭;他们生儿育女,便"可以足兵"。隋末动乱,人口骤减,这对唐来说是一个重大问题。作为一个解决方案,僧尼的还俗问题便被提了出来。

傅奕将佛教视作迷信,坚信其不过是在欺骗百姓,为此必须将这股"妖惑之风"革除,以回归"淳朴之化"。

高祖李渊令百官讨论这篇上疏,全面支持傅奕意见的只有太仆卿(马政长官)张道源,而笃信佛教的尚书右仆射萧瑀自然持反对意见。

萧瑀本是南朝梁武帝的玄孙。梁武帝是虔诚的佛教信徒,但傅奕却在上疏中说梁因此而灭国,此事"足为明镜"。"明镜"自然指的是应该以此为鉴,把这件事当作反面教材。不知道是不是因为血缘的关系,萧瑀从年轻时开始便是佛教徒。他的姐姐是隋炀帝的皇后,他的妻子是高祖李渊的母亲独孤氏一族的族人,可见其是一个准皇族级别的人物。他的职位"尚书右仆射"为行政部门的二把手,相当于副总理。秦王李世民任尚书令(相当于首相)一职,萧瑀作为高祖的心腹可以说是大权在握。

佛,圣人也,而奕非之。非圣人者无法,当治其罪。

萧瑀反驳道。傅奕回道：

> 人之大伦，莫若君父。佛以世嫡而叛其父，以匹夫而抗天子。萧瑀不生于空桑，乃遵无父之教。非孝者无亲，瑀之谓矣！

萧瑀闻此一时语塞，只能合掌说道："地狱之设，正为是人！"

高祖对僧侣和道士都没有什么好感，因为他们不缴纳税金，也不服兵役。话虽如此，以心腹萧瑀为首，手握大权的佛教徒也不在少数。开创王朝时期，最好不采取极端政策。高祖没有全面废除傅奕进言的佛法，而是采取了较轻的措施。虽然傅奕只抨击了佛教，但是高祖却将信仰老庄之道的道士也纳入了处分的范畴。

> 诸僧、尼、道士、女冠等，有精勤练行，守戒律者，并令大寺观居住，给衣食，勿令乏短。其不能精进，戒行有阙、不堪供养者，并令罢遣，各还桑梓。京城留寺三所、观二所。其余天下诸州，各留一所。余悉罢之。

上述诏书下达的时间是唐武德九年（626）四月辛巳

（二十三日）。虽然不是完全废佛令，但内容却十分苛刻。唐会昌年间（844年左右）的废佛措施一直被认为是史无前例之举，日本留学僧圆仁曾卷入其中。即便如此，长安还是保留了4座寺庙。高祖武德末年的废佛措施一旦实行，将是不次于"三武一宗灭佛"[1]的佛教灾难。但是39天后发生的一件大事让这个废佛令几乎未能实行，并从律法层面遭到了废止。

所谓大事，即是高祖次子秦王李世民弑兄。兄长李建成作为皇太子，理应继承皇位，但身为弟弟的李世民却发动军事政变，将兄长杀害于玄武门。结果高祖退位，成为太上皇，李世民继承皇位。这就是以明君闻名的唐太宗。拒绝玄奘前往印度而又迎接从印度归来的玄奘的，也是这位唐太宗。

我们今天阅读的唐朝历史是以军事政变胜利者太宗的视角编写的。据史书所载，皇太子李建成一直想杀掉弟弟，因此李世民抢先一步杀掉了兄长，不弑兄则会被杀。但是，已经确定为帝位继承人的皇太子为了保全自己的地位而杀弟弟，这种说法实在缺乏说服力。根据史书记载，唐建国时辅佐父亲李渊的李世民居功至伟；正是在李世民的促使下，李渊才奋起打天下。而兄长李建成却没有立下什么功劳，因

---

[1] 北魏太武帝、北周武帝、唐武宗、后周世宗。——译者注

此担心自己的皇太子之位会被废掉,便对弟弟起了杀心。但是,这也明显不合逻辑。虽然唐初期最大的敌人王世充确实是被李世民消灭的,但当时王世充试图与塞外的突厥相勾结,夹击唐军。而出色抵御北方突厥人行动的正是李建成。这不能不说也是大功一件。

虽然找了各种各样的借口,但事实不过就是太宗李世民与兄长争夺帝位,用强硬的手段取得了胜利罢了。玄武门之变中,太宗不仅杀死兄长李建成,还杀掉弟弟齐王李元吉。不仅杀了兄弟,还把他们的孩子也一齐杀掉。当时李元吉不过24岁,但已有5个孩子。太宗不仅杀掉了李元吉的5个孩子,还将其妻子纳入自己的后宫。

太宗虽然有决断力,果敢过人,但同时也极为冷酷。太宗与其说是一位明君,不如说是一位无与伦比的政治家。

政变发生在六月;八月高祖即让位于太宗。据说,这是高祖自己提出的,虽然太宗坚辞不受,但盛情难却之下只好即位。但是,从之后高祖的处境来看,太宗逼迫父亲退位也就不言自明了。此后,高祖在一个条件很不好的地方一直过着如同幽闭的生活。

玄武门之变是一件惊天动地的大事,当时人们无疑都非常震惊。玄奘此时正在长安,但《法师传》对这一事件却只字未提。玄奘身为宗教人物,他的传记自然不会涉及政治性事件。但我不相信这种争夺帝位、手足相残的阴惨事件对玄奘的精神世界没有产生任何影响。

少年时代在饥馑横行的长安见到了如同地狱般景象的玄奘,又在充满朝气的新长安见到了另一种地狱。

在洛阳的净土寺学习的玄奘,可能一开始不过是一个好学而聪慧的少年,而见识过地狱般景象之后,他开始深入思考自己所学的佛法到底必须去拯救什么。玄奘从很早便开始探寻佛法的中心——有关生与死的追问。

拾

《新唐书·高祖本纪》武德九年(626)一项有如下记载:

> 四月辛巳,废浮屠、老子法。六月丁巳,太白经天。庚申,秦王世民杀皇太子建成、齐王元吉。大赦。复浮屠、老子法。癸亥,立秦王世民为皇太子,听政。

所谓"太白"指的是金星。而"太白经天"为金星经过午(南)的方位,自古以来,这被认为是凶兆。金星过午的时间段必须是白天,而白天能看见星星本身就带有妖异的色彩。据《汉书·天文志》记载:

> 太白经天,乃天下革,民更王。

丁巳为六月一日,而两天后的己未日又观测到"太白经天"。观测天文是太史令傅奕的任务,他急忙进宫密奏此事。己未次日的庚申(六月四日)日,秦王李世民发动了军事政变。值得注意的是,政变当日立即取消了"废佛令"。虽然下诏的是高祖,但不用多说,这应该是掌握实权的李世民的意思。

李世民被立为太子之时是癸亥(六月七日)日。而待高祖退位,他即位已经是八月之后的事情了,由此也可以看出取消"废佛令"有多么地匆忙。

政变的前年,高祖访问"国学"[1]并定下"三教"的排序,下诏将老子列为第一,孔子其次,释迦牟尼居末位。唐代决定僧侣和道士于宫中席次时,经常以此为据,因为究竟是以佛僧为先还是以道士为先,经常争执不休。李唐王室不知以何为根据,称自己是老子的子孙。老子本姓李,名耳,字聃。唐王朝始创之时肯定是为了给自己的家谱镀金,才无凭无据地将千年前的名人定为自己的先祖。武则天醉心于佛教之时短暂地出现过"僧先道后"的现象,但唐朝总体上还是"道先僧后"。佛教界人士也从因果关系解释这并不是蔑视佛教,而是因为皇家祖先是道教创始人罢了。

"三教"之中孔子的儒家思想宗教色彩最为淡薄,因此说起宗教争端便是佛道之争了。借着高祖正式定下老子第一、释迦牟尼第三的排序,道教人士想乘机再给佛教以更大的打击。清灵观道士李仲卿以其所著《十疑九迷论》,另一位道士刘进喜以其所著《显正论》来抨击佛教。对此,僧侣

---

1 国家级大学。——译者注

法琳以其所著《破邪论》加以反驳。

佛道之争愈演愈烈,而最终裁决者高祖则采取了向双方"泼冷水"的措施。就事情经过而言,点燃战火的是傅奕的废佛论,结果却导致佛道针锋相对,如此一来不得不同时压制双方。高祖的本意是无法忍耐那些不纳税也不服兵役的人,不论是佛是道。本来作为生产力的人口数量就在锐减,再添上这些游手好闲的人就更让人头疼了。作为王朝创始人,高祖李渊也是一个马基雅维利主义者[1]。

傅奕将魏晋以来500年间发表的反佛论文收集起来,以"高识传"为题付梓,此外还为《老子》作注。他贬低佛教,声称"佛是胡中桀黠……模写老庄玄言,文饰妖幻之教耳"。由此可以看出,他崇拜老子。因此,他虽然希望废佛论被采纳,但连老子之法也被朝廷弹压应该不是他的本意。

以强硬手段夺取政权的人,最为迫切的便是笼络人心。与天下大赦一样,复兴佛道或许也是其中一环。太宗政变当日,即被立为太子之前便昭告天下,无疑是觉得事关重大。据载,高祖的废佛令比想象中的还要令人怨声载道。

佛道双方阵营的激烈争论在唐武德八年(625)迎来高

---

[1] 马基雅维利(1469—1527),意大利政治思想家,被称为近代政治学的始祖,著有《君主论》等作品。其主张只要最终能增进国家利益,就可不择手段,这种赤裸裸的非道德主义被称为"马基雅维利主义"。

潮,此时玄奘已经到达长安。他被前辈高僧寄以"佛教界的千里之驹"的厚望,但当时他才20岁出头,不过是一个修行中的沙门。他自然无法参加这场争论,但争论应该对他影响很深。"这种时候要是我的话,会这样反驳吧。"他应该有过这种心痒难耐、跃跃欲试的想法吧。这实际同亲身体验激烈的理论斗争并无二致。因为他一旦经过深思熟虑,便能够将想法自头脑中随时提炼出来,从而将其纳入一个完整的思想体系。即便如此,玄奘的思想也存在一些无法解释的疑点。

> 法师既遍谒众师,备餐其说,详考其理各擅宗涂,验之圣典亦隐显有异,莫知适从,乃誓游西方以问所惑,并取十七地论以释众疑,即今之瑜伽师地论也。

《法师传》中未说明"众疑"是什么,但前往印度,取得《十七地论》答疑解惑的愿望是有的。众人充分讨论疑问后,只能到此为止,所以除了前往印度外别无他法。想到这一点的,当然不仅玄奘一人。有几名同仁试图与他一同出行,他们联名向政府提出了出国申请。但是,申请却被驳回。他们三番五次提交申请书,但朝廷不允许出国的结论却始终未变。同仁一一放弃了前往印度的计划。最终,坚持初衷的只剩玄奘一人。为了追求佛法,即使触犯国法也在所不惜——这是他强烈求法精神的体现。

拾壹

据《法师传》记载,玄奘从长安出发的时间是唐贞观三年(629)秋八月。按照其中"时年二十六也"的说法来推算,玄奘的生辰应为隋仁寿四年(604),但如果依此制作玄奘的年谱,就跟仁寿二年(602)出生的说法难以对上。根据《续高僧传》或《释教录》,玄奘出发之年因为遇上霜害,允许"道俗,随丰四出",所以一路上未被怀疑,得以顺利前往敦煌。若在平时,旅行者会立刻引起别人的注意,但这一年因为霜害出现了饥荒,从而下达了靠"丰"[1]来疏散的通知,由此玄奘的旅行也得以掩人耳目。

从《新唐书》贞观元年(627)八月的记载可以看到,"河南,陇右边州霜"。而《旧唐书》中的记载则更为详

---

[1] 能够果腹的门路。——译者注

细,"八月……关东及河南陇右沿边诸州,霜害秋稼"。此外还有九月中书侍郎温彦博、尚书右丞魏征为赈恤而被派往诸州的记录。然而,不论新旧唐书,贞观三年(629)一项中均无关于霜害或饥馑的记载。关于贞观三年(629),两书都只是记录了从塞外有120多万归还者到达,这表明当时还有能够接纳这么多归还者的粮食。此外,贞观二年(628)九月还有"贞观二年九月壬子,以有年赐酺三日"的记录。秦汉时平民是不能随意聚集举办宴会的,当时记录中的"天下赐酺"即为下令许可全国举办宴会。唐代民间的宴会当然不被禁止,所以这里的"赐酺"肯定是天子赏赐平民酒食了。因"年"[1]赏赐酒食三日,太宗治下的23年太平盛世中,《新唐书》唯有这一处记载。被公认为是善政标杆的贞观时代,应该不会只有贞观二年(628)丰收,仅此一年"赐酺",可以推测出前一年是极为严重的灾年。

可以确定,贞观元年(627)八月玄奘自长安出发。此时下发了疏散饥民的许可,可以认为玄奘借此机会向西出发,此时距太宗的军事政变不过一年的时间。按照中国的惯例,通常即位之后的第二年改元。太宗在武德九年(626)八

---

1 丰收。——译者注

月即位，之后的第二年便改元为贞观。玄奘几次向朝廷申请出国，应该都是在高祖时提出的。这一点我们不甚了解。即使掌权者换了人，对外政策也并不会有什么变化。出国禁令的决定因素是外交问题。

  时国政尚新，疆场未远，禁约百姓不许出蕃。

《法师传》是这样记录禁止出国的原因的。当时唐王朝成立不到10年，说是10年，距离消灭强大的反唐势力刘黑闼也只有5年左右，这便是"国政尚新"的表现了。好不容易刚刚控制了中心地带，但边境仍尚未安定下来，不仅突厥屡屡南下，吐蕃、吐谷浑和党项诸部也进行着军事活动。疆场即国境线，还不能将其划到那么远的地方。边境的状态仍然不确定，大部分地区被视为危险区域。由此，人们出国便被禁止了。

唐朝最大的对外问题即是与突厥这一游牧民族之间的斗争。之前提到的刘黑闼在河北能如此与唐军抗衡，便是借用了突厥骑兵之故。当时突厥分裂为东西两部，东突厥以颉利可汗为首领，西突厥以统叶护可汗为首领。

武德九年（626）八月，太宗即将即位时，东突厥向唐朝派遣使者请和。太宗即位后不久，颉利可汗领兵直抵渭水便桥之北，在桥上缔结了议和条约。但东突厥颉利可汗领导无方，他重用汉人赵德言和精通生财之道的粟特人招致族人不满。贞观元年（627），不仅唐朝苦于霜害，东突厥的领地也遭遇大雪，家畜死亡，百姓挨饿。群臣向太宗建议乘机讨伐突厥，但太宗答道："新与人盟而背之，不信；利人之灾，不仁；乘人之危以取胜，不武。纵使其种落尽叛，六畜无馀，朕终不击，必待有罪，然后讨之。"其实太宗已经从出使突厥归来的郑元璹的报告中得知，突厥民饥畜瘦，照此情形恐怕坚持不了三年。因此，他并不是为了信义和仁义，不过是在等时机成熟罢了。颉利可汗在讲和之后，献上了3000匹马和1万只羊，但太宗并未接受，只是"但诏归所掠中国户口"。唐很清楚，运用手段激化东突厥内部矛盾比发动战争更为简单、有效。

隋末动乱期间，许多人逃往塞北避难。突厥内部虽然有许多人不满，但并未发展到内战的地步。对乱世的居民来说，不论多么寒冷，不论生活方式有多么不习惯，只要是没有战争的地方便等同于极乐净土。除了像这样自发地前往塞北突厥势力范围避难的，还有被突厥强行掳走的人。在人力即生产力的时代，与物资一样，人也是被掠夺的对象。他们被迫成为了奴隶，没有人身自由。"付赎金无妨，想办法让他们回来。"唐与突厥之间有过类似的交涉。以交涉为借口,其背后应该也有搅乱突厥内部的意图,这就是所谓的外交战。禁止人们出国是为了避免不明就里的人闯入外交战场,带来不必要的麻烦。当然,禁止出国最大的理由是边境不安定,未能结成切实的条约,人们的生命安全得不到保证。

如果玄奘于贞观元年(627)秋八月从长安出发,那么饥荒所到之处正在玄奘的西行之路上。霜灾尤为严重的陇右道在陇山的西边,位于现在的兰州一带。从长安向西行,经过秦州便能达到陇右,玄奘便从这条忍饥挨饿的百姓蹒跚的道路上一直向西前行。

以《法师传》为首的诸多文献都将玄奘出发的时间写成贞观三年(629),恐怕是与玄奘到达印度的时间搞混了。玄奘从印度归来时,在于阗向长安寄去表文,表文的目的之一是就偷越国境一事道歉。这篇表文中有"遂以贞观三年四月,冒越宪章,私往天竺"一节,到底是贞观三年(629)出发还是到达印度,并不明确。同一篇表文里还有"历览周游一十七载"的记述。玄奘在于阗写下表文的时间是贞观十八年(644),反推出发的时间应该是贞观二年(628),因此"贞观三年"说难以成立。最具有说服力的是玄奘亲自撰写的《请御制经序表》中"奘以贞观元年,往游西域"。据此,"元年说"应该不容置疑。之所以拘泥于出发年份,是因为若是贞观元年(627),则玄奘一直在饥荒中旅行,这是继太宗的军事政变之后,他所经历的另一个地狱。

贞观元年(627)是闰三月,八月是阳历9月15日到10月14日。救济霜害的魏徵等人被派往各州的时间是九月辛酉,即阳历10月26日。

拾贰

先来谈一谈玄奘周边的世俗之事。唐朝禁止出国的政策与跟突厥的纠纷有关,太宗在等待突厥自我灭亡。与轻举妄动相比,待其自取灭亡要明智得多。前面也讲到了东突厥的颉利可汗在部族内名声不好,因重用汉人和粟特人,他在维系政权根基的族人之中人气急剧下跌。大雪导致的饥荒又导致突厥活力衰减,作为应急之策的重税也使得治下的百姓越来越与他离心离德。最终铁勒诸部反叛,推举薛延陀部一个叫夷男的人为可汗。唐与这支叛军联合消灭了颉利可汗。东突厥灭亡的时间为贞观四年(630),而此时玄奘应当已经在印度了。同时,西突厥也是实力不振。玄奘在离清池[1]西北500余里的素叶[2]见到了西突厥的统叶护可汗,这是因为他有

---

1 今吉尔吉斯斯坦境内的伊塞克湖。——译者注
2 今吉尔吉斯斯坦的托克马克。——译者注

吐鲁番盆地高昌国国王的介绍信。高昌国国王麹文泰的妹妹嫁给了可汗的长男为妻。

统叶护可汗本打算迎娶唐朝公主而派遣使节,却被东突厥的颉利可汗妨碍,这是贞观元年(627)发生的事情。根据《旧唐书·铁勒传》记载,统叶护可汗死于贞观二年(628),被他的叔父所杀。他的叔父并无声望,很快众叛亲离,西突厥最终也陷入混乱状态。

玄奘在素叶见到统叶护可汗应当是在贞观二年(628),恐怕和玄奘会面后不久统叶护可汗便被杀害。要是按照"贞观三年出长安"的观点,玄奘是不可能见到已经在前一年死去的统叶护可汗的,而持"三年说"观点的人则认为玄奘所见到的应当是统叶护的继承人。但是,《法师传》却明明白白地写着统叶护可汗的名字,并且如前所述,统叶护死后突厥陷入混乱,但玄奘通过的时候,似乎并未发生那样的混乱。至少按照《法师传》的记述,没有动乱的迹象。统叶护可汗死后,他的儿子肆叶护可汗和莫贺咄可汗成为对立的两股势力。这当然会令西突厥的实力衰退,也使唐朝有机会在西域开疆拓土了。

如前所述,贞观三年(629)根据户部(相当于财政部)的公文,有120余万归还者。这正是在东西突厥衰退的背景下发生的。

贞观五年（631），唐用金帛赎回汉族男女8万余人。因为他们被当成奴隶，所以不得不向他们的所有者交付赎金。

据说玄奘与统叶护可汗见面的时候，偶尔也会有唐朝的使节去往那里。私自出国的玄奘见到故国官员不知道会持怎样的心情，《法师传》未作记录。唐使带去了国书和信物，国书的内容玄奘也没有提及，大概是因为玄奘对这些世俗之事并不关心，因而也没有去了解。国书的内容恐怕就是关于那些被强行掳走之人的送还问题及被东突厥妨碍的唐朝公主出嫁一事。《大唐西域记》中有一座三百余户的孤城，位于恒罗斯城以南10余里处，其中的居民都是被突厥掠走的人。虽然房屋和服装跟突厥无异，但语言和礼仪还是保留了中原的风貌。这些人可能几年后便可以回归故土了。

贞观十四年（640）唐攻下高昌，将吐鲁番盆地作为直辖地，设置西州。唐朝的疆域终于延伸到远方。若再等上10余年，玄奘便可以更加轻松地出国。但是，他无法等待那么长的时间，也没有等待的必要。困难的只是冲出国境，一旦出国，后面便一样了。他在高昌和西突厥均受到热情款待。西突厥虽为信奉琐罗亚斯德教[1]的国家，但并未阻碍玄奘的壮志。

1　拜火教。——译者注

在玄奘离开故国，周游西域、天竺的17年间，唐逐渐强大。玄奘尚在长安之时，唐虽有进攻突厥的好时机，但为了时机更加成熟而不得不等待。唐还存在可以称作"动乱后遗症"的饥荒和军粮不足的问题，要尽力避免人为的损害。吐鲁番盆地的高昌国看到唐这副模样，可能判断它不会远征。然而，贞观十四年的唐朝已经不是贞观初年的唐朝了。玄奘回国时太宗正在指挥高句丽远征军。这时的唐已经是兵强马壮了。《资治通鉴》贞观四年（630）一项记载：

> （贞观）元年，关中饥，米斗直绢一匹；二年，天下蝗；三年，大水。上勤而抚之，民虽东西就食，未尝嗟怨。是岁，天下大稔，流散者咸归乡里，米斗不过三、四钱，终岁断死刑才二十九人。东至于海，南及五岭，皆外户不闭，行旅不赍粮，取给于道路焉。

玄奘出国后不久，唐的国力迅速提升。按照现在流行的说法，即"贞观奇迹"。这正是在太宗的指导下一切以国家为重、集中力量的成果。佛教也不例外。

有旱灾之虞的时候，便召集高僧让他们祈雨。根据《辨正论》记载，贞观三年（629），高僧27人在天门衙进行了为期7天的祈雨法事。僧尼要是完全与俗尘脱离关系，便无法让他们为国家服务了。为此太宗下诏,令天下的僧尼礼拜父母,其中便含有不允许他们"完全出家"之意。

僧尼不事生产,免纳赋税,人数无限制地增长,从国家的角度来说不鼓励出家,自己随便出家的私度僧会被严惩。在隋唐交替的兵荒马乱时期,出现了许多私度僧,虽然不排除真的是因为信仰而出家,但肯定有许多人只是为了免除征税、劳役和兵役。据说玄奘出国的贞观元年(627),唐发布了对私度僧处以极刑的敕令,有许多僧人逃亡。有一座名为峄阳山的山,成了许多僧人避难的场所,他们在那里缺衣少食,过着十分悲惨的生活,但其中也有像法冲这样师从慧可受教《楞严经》的名僧。第二年,全国搜查义宁[1]私度僧,并下令不自首者斩立决。

高祖举兵以来,大会战的地点共有7处,这些地方皆用官费修建了寺院,并给寺院配置了田地、农户、车辆和牛马。贞观三年(629)让寺院为阵亡将士祈祷冥福。这一举措无非表示,为国捐躯的人会获得国家的相应回报。

贞观五年(631)八月,唐向高句丽派遣使节,收殓隋阵亡将士遗骨回国安葬祭奠。隋炀帝远征高句丽可以说跟唐

---

1 隋最后的年号,从617年11月到618年5月,只持续半年。——译者注

并无关系。但是,战死者的遗属现如今已是唐的臣民。在高句丽收殓遗骨,也可能是太宗秘图远征的表现。高句丽从隋开始便和塞北的突厥勾结,一同牵制中原。在唐看来,为了解决突厥问题(或者更应该说是塞外势力问题),必须首先压制高句丽。收殓遗骨14年后太宗出兵高句丽。

此时,佛教呈现出成为国家宗教的势态,官员会查勘僧尼的修行。当时的指导性用书《遗教经》被分发给首都各官和地方官,时值贞观十二年(638)。僧人中也有人出入宫廷,法雅便是其中之一,但不知因为什么不端行为,他被禁止再出入宫廷。他对此心怀怨恨,发表了一些不妥当的言论,后以"妖言"罪被诛杀,当时是贞观三年(629)。这件事还牵连了建国元勋裴寂,他因此被解除职务。

贞观八年(634),文德皇后生病的时候,皇太子李承乾(之后被废)请求"大赦度僧",而他被皇后责备的事情,都可以在新旧唐书中看到。皇太子希望通过积累功德使母亲痊愈。与大幅度赦免罪人的"大赦"相似,"度僧"也算是王者的一种功德。没有官府的许可是不能剃度出家的。王朝初期的创业时代,不事生产的僧人数量尽可能不要增加。与各座寺院的既得权利一样,准许出家的人数也是固定的。对于想要出家的人来说,出家是一扇窄门,想要通过这扇门必须备有谢礼。而对寺院来说,其权利便成为财源。皇太子所请求的是让更多的人出家,换言之,即增长了寺院的收入。皇后训斥自己的孩子"这可不是父皇的意思啊"。按照太宗的想法,佛教是外来宗教,会让政体靡弊。《贞观政要》也收录了这一逸事。如此看来,太宗似乎只是在利用佛教。

太宗将所有精力都倾注到国家建设之中,也许在他看来佛教也不过是其中的一种手段。

玄奘不在的时候,唐朝佛教的发展方向是确定的。他出发那一年圆寂的长安清禅寺的慧胄被赞誉为僧侣的模范。慧胄在长达40年的时间中一直"经营"着清禅寺。寺院拥有大量的田地,据说粮仓也常常填满粮食。不需要官府费心,能够自食其力的寺院,不必说,在国家看来是最为理想的寺院了。

第二章 天竺来客

壹

> 昔法显、智严亦一时之士，皆能求法导利群生，岂使高迹无追，清风绝后？大丈夫会当继之。

根据《法师传》，玄奘决意前往印度时说了如上一番话。

法显和智严是5世纪初，即在玄奘200年前西渡印度的求法僧。法显年过六旬，为求律法翻越流沙和葱岭（帕米尔高原），13年后从锡兰（斯里兰卡）经海路归国。这种强大的精神力量实在令人惊叹。智严生卒年不详，从周游西域前往印度与法显相会一事来看，其应该与法显是同时代之人。智严求禅而渡印度，与佛驮跋陀罗[1]结伴回到长安。佛驮跋陀罗此后在建康（南京）的道场寺与从锡兰归国的法显一同从事

1　Buddha-Bhadra，意为觉贤。——译者注

译经工作。智严归国后再次西渡印度,圆寂于克什米尔。当时他已经78岁,可见第二次印度之行是在其年事已高之后开始的。确实,这两个人的履历可谓"高迹",其志向也可谓"清风"。高迹追者无人,清风绝亦可耶。"我将追寻他们的脚步。"玄奘发下如此宏愿。

从中国前往西方的求法僧有很多。义净的《大唐西域求法高僧传》收录了60位求法僧。但是,我认为从西域、天竺或者从南海为弘扬佛法而来到中国的人也不该被忘记。玄奘前往天竺的旅行也应当从这些弘扬佛法的异国僧人那里受到不少启发。年少时的玄奘,因读无著[1]所著《摄大乘论》而倾心于唯识论,为了解决其中的疑问而决定前往印度。当时的汉译本《摄大乘论》有佛陀扇多译本、真谛译本及达摩笈多译本,均出自从印度来中国的弘法僧之手。如前所述,真谛译本流传最广,所以玄奘可能也是用它来学习的。佛陀扇多活跃于6世纪前叶,如前所述,玄奘在洛阳时,达摩笈多应该还在洛阳上林园翻经馆,或许二人有缘,可能见过面。

很多弘法僧都是从印度文化圈来到中国,在玄奘时代也有侨居中国的。很多人心头会浮现出这样的疑问,如果唯识

---

1 Asaṅga,阿僧伽。——译者注

论有许多疑点,为什么玄奘没有向他们咨询呢?我觉得这个问题很好回答:因为玄奘关于唯识论的学问水平已然不亚于入唐的弘法僧了。玄奘不明白的地方,他们也不见得明白。至少,没有一个人的解释能让玄奘完全满意,充其量是"如果前往印度的那烂陀寺,一定有人可以回答你的疑问"这种程度的回答。玄奘一到达印度就立刻前往那烂陀寺,这无疑是有人给过他建议。

为了更好地理解玄奘,我们必须追溯一下唯识论的发展脉络。

> 一切存在不过是由心的功能制作出来的影像,即虚假的存在。

这是唯识论的根本,它建立在"空观"成立的《大般若波罗蜜多经》(以下简称《般若经》)的思想系统之上,但为了试图纠正其虚无主义倾向,进一步锤炼了它的学说。《般若经》的成书时间,一般认为是在公元前后到1世纪中叶,而唯识论据说是在3世纪到4世纪之间,是自修行瑜伽的人们中诞生的。因这些人被称为瑜伽师,唯识派也被称为"瑜伽行唯识派"。

所谓瑜伽,即"心之作用的止灭",而以此为目标进行精神和肉体修行的人即瑜伽师。瑜伽有许多流派,作为健身术加以修炼也为其中的一种。瑜伽将身体视作宇宙,通过独特的体式试图与宇宙合为一体。它原本是为了"梵我合一"而进行的修行,在公元前500年左右成立的婆罗门教经典之一的《奥义书》中,已经有过相关记述。

《奥义书》是后来印度思想的源流,佛教也从中汲取了营养。"轮回"及其原因"业"的思想都是从《奥义书》中继承过来的。佛教解释如何从轮回中解脱出来,而《奥义书》中认为最高存在的是宇宙本体"梵"(Brahmā)及人类存在的本质"我"(Ātman),而这两者本质上一致的"梵我一如"思想为《奥义书》的根本思想,通过参悟这一道理,人方能得到解脱。为了得到这一体悟,必须谋求心的统一,其修炼法门除瑜伽无二。

瑜伽存在于佛教之前,佛教之外的宗教或学派中也有修行之人。为避免被混淆,人们渐渐不再将信奉佛教唯识论的人称作瑜伽师。佛教中的唯识论派出现于佛教中修行瑜伽观行[1]的一众之中,与信仰相比,哲学色彩更为浓厚。

空观不易理解,难解之处在于修行之法不同,各人理

---

1 心统一,冥想。——译者注

解各异。解说空观的《般若经》经典浩如烟海，简单说明其本质的作品是《般若波罗蜜多心经》（以下简称《般若心经》）。但这部《般若心经》也有各种各样的解释。佛教的宗派很多，传入日本后更是生出了许多新宗派，而各个宗派都有自己所依的经典。据说太平洋战争期间，各个宗派一同为战殁者祈祷时，所诵经文多为《般若心经》。诵读其他经文，必然会有某个宗派出来反对，既而无法得到全员的同意，但无论哪一宗派均认同《般若心经》。换言之，正是因为《般若心经》可以作各种解释。

唯识论在当时的佛教之中是新学说。基于空观思想的唯识论当然也有各种各样的解释。正因为是新学说，含有各种观点的学说体系尚未被全面介绍到中国。玄奘前往印度之前的情形，粗略来说就是这样。

贰

那么，唯识论是怎样传入中国的呢？

唯识论的始祖据传为Maitreya，Maitreya被译为"弥勒"。释迦牟尼死后56.7亿年诞生，人们认为他是拯救那些未被释迦牟尼救赎之众生的菩萨，但也有说法认为他是3世纪到4世纪间实际存在的人物。弥勒下凡之类的传说还有很多，可以认为，真实存在的Maitreya和那些传说中的形象混淆在一起了。或者说，弥勒下凡的信仰是在实际存在的Maitreya降生很久之后才诞生的救世主信仰（messianism）。

真实存在的Maitreya是一名优秀的思想家。据传，他将唯识论传给了无著（Asaṅga），传授的经文为《瑜伽师地论》，其将瑜伽修行分为17个阶段，亦称《十七地论》。玄奘的译文认为那是弥勒的作品，而藏文译本则似乎认为作者是无著。其实，无著是解说了Maitreya讲授的内容。作者究竟是谁，只能看怎么解释吧。无著的代表作是玄奘年轻时苦心研读的《摄大乘论》。

无著有一位名叫世亲（Vasubandhu）的弟弟，最初支持大乘非佛论，但后来受其兄的影响转向了大乘佛教。他的《阿毗达摩俱舍论》（以下简称《俱舍论》）是佛学的基本论著。这对兄弟据说是4世纪后半叶之人。将唯识论传到中国的真谛（Paramārtha）生于499年，距离Maitreya不过1个世纪左右，据说其出生于西天竺的优禅尼国（Ujjenī）。

回顾真谛70年的生涯，可以说苦难二字贯彻始终。他在印度各地游历，传播自己所信佛法，即唯识论。年近50岁时他到达扶南之地，这是印度支那湄公河流域的一个国家，因统治者出身天竺，所以也属于印度文化圈。因扶南毗邻中国，所以当时有很多从中国传来的信息。

6世纪中叶左右是中国的南北朝时代。南朝梁由武帝开创，其在位近50年。武帝萧衍是一位文武双全的优秀人物，在位时期被称作南朝的黄金时代。这位虔诚的佛教信徒因严守戒律被世人称为"菩萨大皇帝"。尽管被称作"黄金时代"，但在其统治的后半，武帝的佛教信仰失了分寸，弊害丛生，国势日颓。或许是因为武帝年事已高，判断力也日渐下降的缘故吧。他说要出家为僧，便突然从宫中出走，随后大臣们不得不花一亿的赎金将他从寺庙中赎回来。如此这般，前后一共发生4回。

唐代诗人杜牧在《江南春》中以"南朝四百八十寺"缅怀南朝的盛世。不过，据说武帝时建康的寺院有700余座。武帝出家的同泰寺、钟山的大爱敬寺、青溪边的智度寺、皇基寺、光宅寺和开善寺等，都因为由武帝建立而知名。首都的僧尼数据说超过10万。另外，据传武帝又研究了《涅槃经》《三慧经》等佛典，有关著述达数百卷之多，其中的一部分流传至今。此外，他还亲自在同泰寺讲经说法。

梁武帝倾心佛教，关于他的逸事自然也远传到了扶南。而且，实际上武帝曾委托扶南招纳名僧。梁代优秀的外国僧人，除了真谛，还有僧伽婆罗（Saṃghavarman，僧铠）、曼陀罗（Mandra，弱声）等人，他们也从扶南而来。不过，僧伽婆罗是在之前的南齐一代渡海而来的。随后，陈朝初期，于扬州的至敬寺翻译《大乘宝云经》的须菩提也是扶南人，恐怕也是梁代招纳来的。

真谛到达广州时是梁大同十二年（546）；两年后他进入首都建康，与武帝会面，希望能开始期待已久的译经工作。身处扶南时，真谛对于中国佛教界的事情知晓多少不得而知，但在抵达广州后到前往建康的两年内，他几乎完全掌握了译经的现状,这一点毫无疑问。他想要传播的,自然是大乘佛教的新形式——唯识论。他应该知道已经有世亲的《十地经论》译本了,这是世亲对《华严经·十地品》的注释,这部经是在真谛进入建康之前约40年时间里,在北魏的洛阳译出的。不管南北如何分裂,北方译出的重要经典不应该传不到南方。另外,无著的《摄大乘论》也由北方的佛陀扇多(Buddhaśānta,觉定,北天竺人)在约10年前译出。真谛应该知道这件事情,但他还是想自己译出《摄大乘论》。

然而,梁太清二年(548),真谛进入建康那一年,梁事实上已灭亡。北方的北魏已经分裂为东西两部分。东魏有一位叫侯景的将军,出于某种原因向梁投降。原因是东魏想要削减功臣们的势力,因此他选择先发制人。但是,此后北边的东魏与南边的梁媾和,梁武帝的外甥萧渊明成了东魏的俘虏,释放一事也成为媾和的条件之一。皇帝的外甥不可能无条件释放,肯定会有交换条件——传言要将背叛东魏降梁的侯景引渡回来。善于抢先动手的侯景这一次故技重施,起兵造反,攻陷了建康。据说侯景率着不足千人的军队南下,攻打建康时已有10万人之众。侯景打着解放奴隶的旗号,聚集了大量人马。由此也可看出,所谓的"黄金时代",也是建立在巨大的贫富不均之上的,相应地也就有很多不满之人。也有人指出，是因为梁武帝过于强调佛教的慈悲、仁爱才导致军队战斗力下降的。但是，已经86岁的武帝领导能力下降才是最大的败因。衰老的武帝在幽禁中死去，侯景则被陈霸先打败。陈霸先即位之后到陈王朝开始之前的这一期间，梁王朝名存实亡，皇帝不过是一个傀儡。真谛没有料到自己能目睹梁的灭亡。

真谛本意是借助梁武帝的力量推进译经工作，无奈只得暂时前往浙江富春避难，并在那里开始了翻译工作。政局动荡，真谛也不得不过着流浪的生活。他倾注心血译著的《摄大乘论》和《俱舍释论》，就是流浪中的产物。

叁

鸠摩罗什（344—413）与玄奘和真谛并称为中国三大译经者，也有将密宗的不空（705—774）与以上3人合称为四大译经者的。但不管是3人还是4人，与其他著名译经者相比，真谛并不怎么知名。关于这一点，如前所述，玄奘将真谛所译唯识论的诸经典又重新翻译一遍，之后主要以这些"新译"经典为准。不得不说正是玄奘削弱了真谛的光芒。

但是，将玄奘引入唯识论的，无疑是《摄大乘论》等真谛所译的诸多经典。其实不仅是译经，影响了玄奘的大师几乎皆出自真谛之门。

在洛阳净土寺为年轻的玄奘讲解《涅槃经》的景法师应该是慧景，与之后在四川再见接受教诲的道基和宝暹一样，都是靖嵩的门生。靖嵩是法泰的首席大弟子，而法泰正是真谛的高徒。

玄奘从四川下扬子江，在各地求教名僧，其中真谛一系也不在少数。《法师传》所载长安大觉寺的道岳正是真谛弟子道尼之徒。称赞玄奘为"释门千里之驹"的法常和僧辩也同样是和真谛有缘之人。据说法常的老师慧颙是真谛最喜爱的弟子。香港大学的罗香林教授制作了如下《真谛弟子传授系统图》：

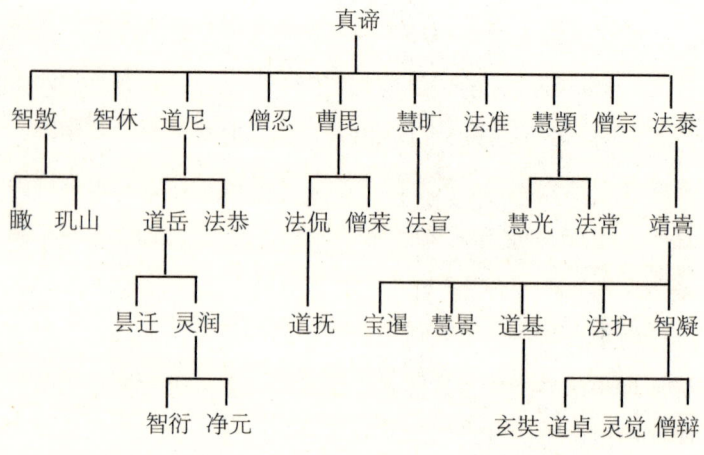

根据《续高僧传》，真谛意外遭遇侯景占领建康和武帝被幽禁事件之后，首先前往富春，在那里翻译了《十地经论》；梁承圣元年（552），应侯景的要求返回建康。

《金光明经》就是当时在金陵正观寺译出的。但是两年后他又去了豫章,即今江西南昌。他又从那里去了新吴和始兴(广东)。在此期间,有名无实的梁灭亡,陈霸先开创了陈王朝,即为陈武帝。陈永定二年(558)七月,真谛又回到予章。

《续高僧传》如此形容真谛的流浪生活:"随方翻译,栖遑靡托。"从豫章再到临安、晋安,流浪仍在继续。

自扶南亡日起,真谛身具异能之名便广为流传。梁武帝令护送扶南使节归国的张泛邀请名德三藏和大乘诸论,真谛也因此来到梁。按照国家间的约定,真谛带来大量经文。"一定将最新的大乘佛教理论,即唯识论传遍中国。"真谛是怀着这种振奋的心情渡海而来的吧。虽年近五旬,却仍是热情高涨。但到达之后,接待方却陷入混乱,因为请他前来的梁武帝在他到达首都的那一年怅然失势。

因仰慕其德,真谛弟子云集,但真谛却无法安心翻译。他受到国宾待遇,本以为可以专注于译经工作,但现实状况却不如人意。他想要乘船前往楞伽修国(今新加坡附近),但因弟子和信徒挽留,便留在广东南部,继续译经工作。陈天嘉元年(560),耗时两年译成《摄大乘论》。他本来准备将这部经书作为辞别中国的礼物,译完就西行回国,但再一次被弟子挽留下来。天嘉三年（562）九月，他终于从梁安坐上了船，但这次又遇上了暴风，巨浪飘摇中又被带回了广州。同年十二月，广州刺史欧阳頠招待其入住制旨寺，请求他重新开始翻译工作。

真谛认为这是业缘，便放弃了离开这个国家的念头，继续和爱徒慧顗一同翻译唯识论相关的经典。欧阳頠去世之后，他的儿子欧阳纥继续支持真谛。与往常一样，虽没有任何不便之处，但真谛还是怏怏不乐。陈光大二年（568）六月，他试图自杀，但终究未遂。

> 谛厌世浮杂，遂入南海北山，将捐身命。道俗奔赴，伺卫防遏。

这是《续高僧传》中的记载。《光孝寺志》中也有"光泰二年，师入广州北岭山，告众欲入灭，道俗啼泪挽留"的记述，即他自杀时是向众人预告过的。这里的北岭山，应该就是现在临近广州机场的白云山。高僧自杀未遂是不寻常的，而且真谛的经历也与我们理想中的高僧形象有着很大的出入。我们理想中的高僧，大概就是像玄奘一样，为了求法视偷渡出国与流沙雪山之险如无物。鉴真也是如此，百折不挠，未得偿素志绝不罢休。但是真谛几次说要回去又被挽留，好不容易下定决心乘上船又漂流回来，预告自杀又被劝阻。看来真谛应该是一个很有人情味的人。

真谛自杀未遂两个月后，又失去了最爱的徒弟慧恺。慧恺的传记被收录在《续高僧传·法泰传》中。慧恺俗姓曹，好像与真谛门下的曹毗是表兄弟。他曾与法泰同住扬都寺，并且一起不畏艰辛，远至广州制旨寺问寻三藏。慧恺很有文学天赋。有人形容他"词力殷赡"。

虽然他只是帮助真谛译经，但恐怕译经成稿还是出自他之亲笔。慧恺给《摄大乘论》写的序言中有这样两句话：

恺谨笔受，随出随书。一章一句，备尽研窍。

虽然真谛在中国滞留时间很长，中文可能理解得相当到位，但他或许不能熟练地用汉语写作。译经工作大概是按照口述笔记的形式先打草稿，然后再一章一句详尽地去研覈[1]。译经通稿，由文采斐然的慧恺负责，因此他的去世对于师父真谛来说是一个沉重的打击。

据说慧恺是正在广州显明寺讲解《俱舍论》时去世的。正讲到业品疏第九卷时，还没讲完便突然逝去。当日是陈光大二年（568）八月十五日，享年51岁。剩下的讲经由师父

---

1 核音，更正、明确异同之意。——译者注

真谛亲自完成，但只讲到惑品第三卷便中止了。真谛痛失爱徒，肉体上也备受折磨。他悲伤成疾，于第二年太建元年（569）迁化，享年71岁。遗体火葬之后在海边为其立塔，但根据18世纪乾隆年间的广州知府顾光所著《光孝寺志》，当时该塔已经不知所在何处。真谛从事译经工作的寺庙正式名称为制旨王园寺；唐代更名为乾明法寺；宋代为乾明禅院、万寿禅院、报惠广孝寺；宋绍兴二十一年（1151）更名为光孝寺，沿用至今。

肆

《大正新修大藏经·律部三》中有《律二十二明了论》一卷,疏五卷,卷后有跋文:

> 陈光大二年,岁次戊子,正月二十日,都下定林寺律师法泰于广州南海郡内,请三藏法师拘那罗陀翻出此论,都下阿育王寺慧顗谨为笔受,翻论本得一卷,注记解释得五卷。

《续高僧传》也提到,真谛除波罗末陀(Paramārtha)外,还有拘那罗陀(Kulamātha)之名。陈光大二年(568)八月慧顗去世,那时真谛也已经72岁。根据上述跋文,可知真谛的译经工作由法泰主持,由慧顗将真谛的讲义笔记进行整理,所以并不是死抠原文,埋首书桌翻译出来的。因为是讲义,应该也偶尔会有脱离原文,混杂着讲师解说和意见的情况。唯识论本来就不易理解，所以用这种方式翻译也在情理之中。负责笔录的慧顗，应当尽量只记录原文部分，但还是不可避免地会留下一些记录。慧顗的梵文水平是何等程度不得而知，但应尚未达到可以精确核对原文的程度。真谛和他的弟子都是为了佛法信仰而去努力理解唯识论的，他们的脑海中没有为了学问而学问的想法。因为不是学术研究，所以比起逐字逐句判断译文正确与否，重心必然会放在是否易于理解上。

真谛翻译的唯识论相关经典，之后都被玄奘译经代替了。不受重视的原因有很多，这种讲义录式的翻译形式或许也在其列。这种经文中掺杂了过多译者话语的翻译方式并不正确。可以想象，视经文准确性无比重要的玄奘对真谛的译文颇不满意。

《法师传》中有一个太宗就《金刚般若经》垂问玄奘的小插曲，发生在唐贞观二十二年（648）秋九月。玄奘答道，这部旧译经典中有些许纰漏。他将旧译的标题"金刚般若"当作例子。所谓"金刚"，即钻石，而"般若"则为智慧之意。按照这种理解，"金刚般若"即为如钻石般坚硬的智慧之意。然而，过于坚硬难以对付的是烦恼，这部经正是说如何斩断这种烦恼的智慧。因此，必须翻译成"能断金刚般若"[1]。玄奘又进一步指出旧译中"三问缺一"、"二颂缺一"和"九喻缺三"的问题,甚至进一步还提到鸠摩罗什与菩提流支二人翻译的优劣。于是太宗便请求道:"大师啊,请您翻译出来吧。"于是玄奘便遵照原典,将经书的名字定为"能断金刚般若经"。

从上述逸事也可以看出玄奘的严谨作风。他最后的译作《大般若经》原文共有20万颂,有重复的部分,也有非常繁杂的部分。鸠摩罗什的翻译按照"除繁去重"的方针,巧妙地做了处理。玄奘的弟子也曾请求"删略",玄奘也姑且接受了。但他说为此做了噩梦,最终还是决定全文翻译。玄奘从印度带回三个版本的《大般若经》。每当翻译遇到疑问时,他都会逐一查找各个版本加以校订。最后《大般若经》译本成书600卷。

玄奘一丝不苟,是完美主义者,有了疑问即使远在天竺也要前往解决,经文繁杂重复也绝不疏漏,哪怕是题目误译也不能忍受。他只认同自己的翻译,即"新译"。以往的"旧译"在他眼中都是不完整的作品。

贞观初年,朝廷下旨处斩私自出家者。在这种情况下冒死剃度逃往峄阳山的法冲对玄奘说:"你说不可凭旧译修行,你不也是以旧译经典出家的吗?那么你是不是也应该先

---

[1] 如钻石一般的烦恼都能斩断的智慧。——译者注

还俗，然后凭借新译再出家一次呢？"《续高僧传》中介绍了这个让玄奘无言以对的故事。

这个小插曲虽是对玄奘强迫症的反驳，但也反映了当时佛教界的真实情况，或者说是持反体制立场的僧侣对这位受皇帝庇护、被尊为国宝、埋首翻译事业的玄奘的反驳。但法冲也有充分的理由如此诘问。玄奘能有今天，不仅是因为他前往了天竺，也因为他去天竺之前便与佛法结缘，在洛阳净土寺出家，在那里他向相当于真谛徒孙的师父学习。教授他《唯识论》的慧景、道基或者法常、道岳等人，恐怕都是使用真谛所译的《俱舍释论》《摄大乘论》为教材的。

可以说，玄奘是在已逝的真谛引领下，走进了唯识论的世界中。让他前往天竺的，正是真谛本人。然而对于将正确性放在首位的玄奘来说，对这搀杂着讲师杂谈的讲义录肯定很不满意。

要说不满，真谛也有很多。他为了成就前无古人的伟大事业而来到中国，作为皇帝的老师，作为帝国的宾客，得到了各种方便，其目的就是让全新的大乘佛教在这片土地上传播。为此，他带来规模宏大的经典。用梵语书写的原典汗牛充栋，要是全部翻译，得有两万多卷。梁武帝应该是动员了全国所有的学僧充当他的助手。所以，即使译经两万余卷，也并非天方夜谭。然而实际上，武帝遭幽禁，梁亡国，这些事件接连发生，真谛不得不开始流浪生活。

陈王朝创立之后，真谛的弟子在建康为促成朝廷聘请师傅到处奔走，但是陈首都建康的佛教界反应强烈，充满敌意。他们知道真谛带来的是最新的佛教理论，真谛要是来了，他们担心自己的影响力会减小，甚至有可能消失殆尽。根据《续高僧传》，建康的佛教界唯恐被夺"时荣"，他们向陈帝上奏道：

> 岭表所译众部，多明无尘唯识，言乖治术，有蔽国风，不隶诸华，可流荒服。

他们控诉唯识论是反国家政治的理论，是一种危险的思想。不可将真谛置于"诸华"之地，即文明交汇的地域，应该将他发配至"荒服"，即边境之地去。通晓佛法的沙门不可能察觉不到唯识论正在成为佛学界主流。正因如此，他们才害怕暴露自己思想守旧，落后于时代。他们认为，把真谛逐出中央之地，便可高枕无忧了。

当时的真谛身处远离中央的广东，所依靠的仅是一个地方长官的个人好意，译经的助手也极少。若如慧颛一般能干的助手哪怕只有10人，也能把从扶南带来的原典译完。与其说是不满，更多的还是心灰意冷。他预告自杀的异常举动，如果从心灰意冷到极点来考虑，也就不难理解了。

从梁至陈，真谛在中国停留了23年，其间译出经、论、传共64部，278卷。原本应有2万多卷。未译的原典有240荚之多，译出的不过数荚。真谛每天带着无比遗憾之情盯着堆积如山的原典，这样的情形让人难以想象。想想真谛一直郁郁不得志，而后来的玄奘则备受恩宠，我们不由得会将他二人的境遇两相比较，心生几多感慨。

那些未译梵荚最终如何，不见任何记录。这个时代除中国以外，其他国家还未能造出纸张来。印度以叶质细密、坚硬的多罗树树叶记录保存文字。梵语中将这种树叶称作"Pattra"，音译即"贝多罗"，也有用树名称其为"多罗树叶"，或简单地称作"贝叶"的。将外形近似棕榈的树叶制成宽七八厘米，长五六厘米的长方形，在上面用针雕刻文字，再灌入油使文字部分变黑后再捆扎起来。与纸张相比，贝叶更为笨重，也不易保存。

陈灭亡，隋末战乱持续不断。许多贝叶经便在这一期间不知不觉散轶消失了。即便是真谛汉译之后用汉字写在纸上的东西也多有丢失，未译贝叶经之命运更是可想而知。十分干燥的贝叶应是被当作了很好的燃料。如果那些贝叶经能够保留下来，玄奘只需在中国学习梵语，也就不必前往印度寻求原典了。

伍

真谛将《十七地论》译至第5卷,余部没有译完,这在当时的文献中也能看到。但是,这些文献也皆散失,很早便不见了。玄奘是否读过未完成之汉译《十七地论》也不得而知。玄奘生活的年代,五卷本的汉译《十七地论》可能已经散佚。如前所述,《法师传》记载玄奘决意前往印度时曾说:"并取《十七地论》以释众疑。"也许他读过未完的汉译,从而渴望一窥全貌,或者一直想读却未能找到。

木版印刷于8世纪发明,所以之前还只能依靠抄写,书籍传播的条件尚不具备,更何况真谛还是在中国南方的广州进行译经工作,而且他还被中央(南朝首都建康)的佛教界所忌惮。不过,真谛虽然在郁郁不得志中去世,然而随后他翻译的《摄大乘论》对中国佛教影响甚大,直接促成了摄论学派的产生。就佛教的发展潮流来说,这也是大势所趋。玄奘也是在摄论学派的氛围中研习佛法的一员。

在真谛之前新兴的大乘佛教已经由那些来自天竺的弘法僧传播开来,为大乘佛教在中国兴起做好了前期铺垫。菩提流(留)支(Bodhiruci,道希)和勒那摩提(Ratnamati,宝意)是其中的代表人物。他们二人共同翻译了《十地经论》,这是世亲的著作,的确是唯识论新大乘佛教的经典。但是,此二人的共同翻译并非一帆风顺。

虽然无著、世亲两兄弟提倡唯识论,但到了百年之后的6世纪初,这一体系在印度分为两派,因对认知作用之根源的见解不同而对立起来。

> 万事万物,不过由"识"(心)孕育而出。

二者在基本理论上并无二致,但针对"识"却是意见相左。

唯识论的学术中心有两个。一在今印度比哈尔邦古代摩揭陀首都的王舍城(Rāja-gṛha)附近的那烂陀学院。这座兴建于5世纪的学院是赫赫有名的佛教最高学府。另一中心则在古吉拉特邦卡提瓦半岛的伐拉彼。从6世纪初起,那烂陀出身的高僧德慧(Gunamati)移居于此,讲解唯识论,自此这里也作为那烂陀之外的另一佛教学府而欣欣向荣。

无论是那烂陀派还是伐拉彼派，肯定都自我标榜是 Maitreya（弥勒）、无著和世亲的正统继承人。首先让我们看看那烂陀派的主张。

那烂陀派的主张可以由陈那（Dignāga）的认识论中推导出来。这一认识论也曾存在于世亲的理论之中。

在《般若心经》提到的眼、耳、鼻、舌、身、意六识之中，五识基于五官，最后的"意"则以思考为媒介。但是，因为有自我意识（末那识）的存在，所以六识常常指向自己，将并不存在的自己当作仿佛真实存在，设想在这种自我意识的深层有阿赖耶识的存在。所谓阿赖耶，意为"休息场所"或根源。这里是"种子"寄宿的地方。虽然六识常伴自我意识的左右，但"种子"却一直埋在阿赖耶识之中。有"业"存在，因"业"而生"轮回"，乃至涅槃的存在，其根源都被认为是阿赖耶识。

阿赖耶识为一切之根源，所有"种子"都只能存在于此。那里既有清净的"种子"，也有污秽的"种子"。话虽如此，阿赖耶识本身并无净污之分。按照现代深层心理学的理论，可以说是类似于潜意识的东西。

佛法是去除烦恼、寻求开悟的教义，烦恼的"种子"也存在于阿赖耶识之中。那么除去了烦恼、得到了"绝对知"之后,阿赖耶识又会如何呢?那烂陀才俊高僧护法(dharmapāla)认为,即使根除了烦恼的"种子",也不能否认阿赖耶识。虽说是绝对知,但既然还是知识,必须要有一个对象。这可以说是陈那表象主义认识论的必然归宿。继承这一学说的护法认为,既有阿赖耶识中原本存在的"种子",也有新近产生的"种子",进而提倡新旧合生说的"种子论"。即使烦恼消失了,阿赖耶识仍然存在,在绝对知中有见者和被见者。护法的这一成唯识论,随后由玄奘传播开来,其影响不局限于中国,还成为日本法相宗思想的根本。

那烂陀派高僧护法的理论并不否定阿赖耶识,并认为绝对知中也有对象,因而被称为"有相唯识论"。相反,伐拉彼的德慧之学说则被称为"无相唯识论"。去除烦恼,含有它的阿赖耶识也被消除,在绝对知中见者与被见者的区别也随之消失。作为轮回根基的阿赖耶识一旦消失,个体将成为最高的实在——真如。真如充盈在各处,这正是《华严经》中所说的"法身遍满",世人皆有佛性。继承这一学说的人是安慧(Sthiramati,510—570)。

来到中国的菩提流支是北天竺人。据说,其在北魏永平元年(508)来到洛阳。他早于护法,与陈那基本是同时代之人，那时肯定阿赖耶识的有相唯识论已经成了那烂陀当地佛教学界的主流。他来自那里，应该也有相唯识论的倾向。与此相比，同时来到中国的勒那摩提似乎更加倾向于无相唯识论。虽说他们二人一同翻译了《十地经论》，但意见上的冲突肯定不可避免，所以也有一种说法认为他们是分别翻译的。虽然他们还生活在唯识论内部对立尚不明晰的时代，而他们下一代的真谛皈依佛门时，德慧已在伐拉彼下讲席。

真谛出身优禅尼，《大唐西域记》则记为邬阇衍那，其都城应为今印度乌贾因市，地处印度西部，与伐拉彼相距不远。这样一来，他与无相唯识论结缘也就不难理解了。真谛翻译的《摄大乘论》中有关于如来藏的解释，而这一部分在玄奘的译文中没有找到。实际上《摄大乘论》的梵本已经散失，如今已无法对照。《摄大乘论》也被译为藏语，不过其中也没有这一部分，所以基本上可以推定原典中也没有如来藏的思想。由此可推知，真谛的译文具有讲稿的特征，这一部分相当于像教授脱离教科书、自己发挥给学生讲解的部分。

如来藏意为"如来之胎"，如同子宫中的胎儿一般，任何人的身上都藏有成为如来（佛）的可能性。"藏"为"隐藏的状态"，显露出来后便成了真如。"法身遍满"是华严思想,不过佛陀的法身是彻底显露的真如;隐藏着的、还处于可能性阶段的真如仍有几分朦胧,这是众生的状态。

要说为何朦胧,朦胧是有其根据的,这种根据能被转换,方可成为真如。要是这根基是阿赖耶识,就不得不将其消灭再加以转换。真谛将阿赖耶识转换后的状态称作"阿摩罗识"。"阿摩罗"是梵语amala的音译,a是否定前缀,mala意为"污秽",所以其意为"无垢"。

北方依据《十地经论》形成了"地论宗",认同菩提流支的阿赖耶识肯定说的群体被称为北道派;支持勒那摩提真如说的则被称为南道派。

相反,南方根据真谛所译《摄大乘论》,否定阿赖耶识,提出"无垢识"(阿摩罗识),被称为"摄论宗"。真谛在世时摄论宗虽只限于广州一隅,但他去世后在南朝佛教界却获得了巨大的声势。

陆

虽然北方为"地论宗",南方为"摄论宗",南北势力分裂,但两宗在教义上的差异十分微妙。地论宗南道派的真如说也有与摄论宗无垢识说相通的地方。将无垢识作为第九识[1]的摄论宗,其排列方式与地论宗北道派的做法是一致的,而地论宗是将第八识阿赖耶识分为真妄两种,共九识。

北朝北周武帝于建德三年(574)采取废佛政策,结果北方僧侣大举逃往南方。在此之前,北方的地论宗和南方的摄论宗接触并不多,以这一事件为契机,南北佛教的交流也开始了。

认同地论宗的人员多前往摄论宗主场避难,自然有许多地论宗信徒转而信奉摄论宗。比如地论宗南道派的靖嵩向从南方来的真谛高徒法泰学习了《摄大乘论》,转而成为摄论

---

[1] 六识、末那识、阿赖耶识及阿赖耶识转化的阿摩罗识。——译者注

宗派系中人。道基、慧景和宝暹这些靖嵩的弟子也如前文所说成为玄奘的师父。

虽说是改宗，但两派的学说也有一定程度的折中之处，这才使之成为可能。隋之后，前往南方避难的学僧摄论宗化以后再回到北方，使摄论宗在北方也兴盛起来。两派学说也不得不出现不小的融合倾向。

从传承脉络来看，玄奘在洛阳净土寺所学的唯识论应该有很多模棱两可的地方。而这位即将从少年成长为青年的"千里之驹"的性格不能忍受这种折中和暧昧。

要获得绝对知，即开悟，潜意识会如何呢？肯定有人这样思考过。要是有工夫去思考那么远的事情，不如多花时间学习"空观"以求开悟。但印度的观念论却不允许这样思考，认为解决阿赖耶识问题是获得绝对知的必要前提。

一方面，那烂陀派护法的有相唯识论中，"种子"的新旧合生说中无论如何考虑都确实有不合理之处，无论怎么解释都有不清楚的地方。另一方面，伐拉彼派的德慧和安慧的无相唯识论否定阿赖耶识，看起来十分明晰，但这种说法过于明了，唯识论因此很有可能与它试图回避的虚无思想关联在一起了。

一切存在都是"识"创造出来的，识若消失，一切存在将化为乌有。这种理论拿人的死亡作比，会一目了然。人一旦死去，对那个人来说一切都不复存在。但是，人们可以依经验而知，对于别人来说同样的事物依然存在。与虚无思想无关的解脱，究竟怎样从空观中把握才好？每个人凭着各自不同的资质和钻研，或在表层或在深层，努力去理解它。但是，在玄奘看来，仅凭当时中国翻译的经典，是无法彻底将其搞清楚的。思来想去，玄奘最终得出了只能前往天竺寻求原典的结论。

去天竺首先必须学习天竺的语言。《续高僧传》记载，玄奘在出国申请被驳回后开始学蕃语。

> 顿迹京皋。广就诸蕃遍学书语。行坐寻授数日便通。

从"诸蕃"可以看出，可能不只是天竺语，他也学习了途中经过的各个地方的语言，这不难理解。当时丝绸之路上的住民多为伊朗系民族，其语言也多与梵语有亲缘关系，所以对于聪敏的玄奘来说，掌握数种语言并不算什么难事。

前往天竺的准备应该不只是语言学习，也有必要从熟悉西域情况的人那里打听途中的事情。在教授他语言的人中，可能也有在中国出生和经由南海而来的人，但大部分都应该是经由西域的入唐者。这样一来，语言老师也就是西域风土的老师了。去天竺的目的是为了修行佛法，因此同样是学习语言，比起从西域来的商人，跟僧侣学习应该更好。那些佛教术语对于一般人来说还是太难懂了。

虽然文献上并无记载,但玄奘为天竺之行而寻得的老师很可能是西域(包括天竺)僧人。对玄奘来说,比起二三十年前来到中国的人,新近到来的人无疑更好。玄奘需要的是最新的消息。

中国唯物史观历史学家范文澜在《中国通史简篇》中说:"此时适逢天竺僧波颇蜜多抵长安,玄奘得闻印度戒贤于那烂陀寺讲授《瑜伽师地论》总摄三乘之说,于是决心前往天竺学习《瑜伽师地论》,于629年出发。"

根据这一记录,范文澜将玄奘出发时间定为贞观三年(629),他从印度僧波颇蜜多那里听闻在那烂陀寺有一位出色的学僧戒贤,故而下决心前往印度。

波颇蜜多是波罗颇迦罗蜜多罗(Prabhākaramitra)的略称。因为过长,所以有时略称为"波颇",有时称为"明友",有时称为"光智"。唐武德九年(626)十二月,此人从突厥之地到达长安。

即使玄奘于唐贞观元年(627)秋从长安出发,他也很有可能见到波颇。波颇在那烂陀寺学习之后进入西域的突厥之地,那时刚刚到达长安。他掌握最新的印度与西域信息,对最新的佛教学也十分了解。

柒

波颇也被称为波颇三藏。"三藏"是精通经（佛陀的教诲及相应的经典）、律（僧侣的生活规则）、论（经和律的注释、论文等）的人。虽然西魏时也将僧侣的统辖者称为三藏，但唐代更多地还是用其称呼自天竺或西域而来的译经者。真谛也被称为三藏；日本名僧空海也曾将在长安学习梵语的印度僧称为般若三藏、牟尼室利三藏，而称青龙寺的老师唐僧惠果为阿阇梨。空海归国时为他写赠别诗的朱千乘也称空海为"日本国三藏空海上人"。如今我们一听到三藏便条件反射般想起玄奘。这么称呼他，不如说是一种例外，是因为他前往天竺，归国后又从事译经工作的缘故吧，尽管他是唐朝人。

波颇三藏的传记可见于《续高僧传》。他出身于天竺中部，在那烂陀学院跟随戒贤（Śīlabhadra）学习佛法。戒贤是护法的弟子，当然也是有相唯识论派。波颇遗憾未能向北方蕃族传播佛法，于是与道俗等10人一起向北进发。所谓北方蕃族，即游牧民族。他们以"杀生"为生计，自然与佛法格格不入，但波颇却认为，正因为如此才有必要前去教化他们。

当时北方的最大势力是突厥。因为要从印度北行，所以自然会经过西突厥的势力范围，当时的首领是统叶护可汗。根据《续高僧传》，波颇仅仅花了数日就让可汗皈依，但大多数史学家均不相信这一说法，因统叶护可汗和西突厥部族并没有佛教化的迹象。波颇等人或许作为可汗的文化和外交的顾问仕于朝中，试图耐心地将这个勇猛的游牧民族尽量变得温和。

统叶护可汗采取亲唐政策，如前所述，他曾向唐请求迎娶公主为妻。一般认为，波颇是处理这种西突厥外交问题的人。不过，这桩婚姻因为东突厥的妨碍未能继续。

唐为牵制东突厥，认为与西突厥结盟方为上策，接受了统叶护可汗的求婚。而对于统叶护可汗来说，与唐结盟也是为了抵御颉利可汗。关于统叶护可汗，《旧唐书·西突厥传》中有如下记述：

> 统叶护可汗，勇而有谋，善攻战。遂北并铁勒，西拒波斯，南接罽宾，悉归之。控弦数十万，霸有西域，

据旧乌孙之地。又移庭于石国北之千泉。

他是领导西突厥走向强盛的英雄,"西拒波斯"指的是令波斯的萨珊王朝臣服。西突厥攻破萨珊波斯的军队,杀死波斯王霍斯劳二世,并立其子为王,此事发生在唐贞观二年(628)二月。

统叶护可汗向唐求亲是在唐武德八年(625),唐派遣高平王李道立协商此事。李道立是唐高祖的外甥,唐太宗的堂兄弟。西突厥为了与这位贵为唐朝皇族的外交使节交涉,肯定是动用了波颇三藏。李道立归国时,作为西突厥使节团的一员,波颇三藏也一同入唐。《续高僧传》记载,武德九年(626)十二月,波颇三藏随道立回到长安。长安此时正处于兵变之年,八月太宗即位。

据《旧唐书·突厥传》,贞观元年(627)西突厥派名叫真珠统俟斤的人与高平王李道立同行到达长安,献上"万针宝钿金带"及5000匹马。他应该是前一年十二月到达长安,第二年正月进宫参见的。东突厥的颉利可汗担心唐与西突厥联姻后受到威胁,于是频繁出兵,使得联姻之事未能顺利进行。李道立因未能完成使命,从高平王降为县公。根据《旧唐书·宗室传》,道立被贬职发生在武德九年(626)。同书武德九年(626)十一月记载,"降宗室封郡王者并为县公"。虽然这里看不出贬职的意思,但《新唐书》中明确写道:"降宗室郡王非有功者爵为县公。"据此,李道立虽然可能在武德九年(626)十二月到达长安,但因为十一月便被贬职,可推测出他之前便进入唐的领土。为何如此拘泥于日期?是因为还有一个说法认为西突厥使节是在贞观元年(627)入唐。如果是这样,当年秋八月从长安出发的玄奘便与其失之交臂了。

范文澜认为玄奘出发的时间为贞观三年(629),他从波颇三藏那里听说那烂陀的戒贤,从而决心前往印度。但即使是贞观元年(627)八月出发,玄奘也是可以见到波颇三藏,从而获得西域及天竺情报的。

据《法师传》,玄奘在素叶城见到的是叶护可汗,不必多说,即统叶护可汗。八月离开长安,又在库车等待天山融雪,这时应该是贞观二年(628)了。而这一年统叶护可汗被其伯父所杀,如果按照贞观三年(629)出发说,玄奘是不可能见到统叶护可汗的。

与西突厥使节一同进入长安的波颇三藏奉诏住在兴善寺。兴善寺是隋开皇二年(582)作为国寺建造的,隋炀帝时与其他寺庙规格相同,但也是长安的名刹。隋时有那连提黎耶舍(Narendrayaśas,北天竺人)、阇那崛多和达摩笈多等高僧在此从事译经工作；唐玄宗末年有不空（Amoghavajra）在此弘扬密宗佛法。这是一座与外国僧人关系密切的寺庙。

玄奘前往天竺之前，曾住在长安的大觉寺。大觉寺同兴善寺一样，建于隋开皇二年（582），据说医师周子臻将其用作自己的佛堂。它位于名为崇贤坊的街区，从朱雀门向南到第四个街区再向西走三个街区便可到达，而兴善寺则位于正对朱雀街的第五个东街区靖善坊。这两座寺院相距不远，同为佛门弟子之谊，玄奘前往兴善寺询问天竺的佛教事情和西域状况也就不足为奇了。

因为先前便提出了出国申请，所以他应该已经学习了天竺的语言，也许他向波颇三藏询问的是之前没搞懂的地方，或许就在此时波颇三藏告诉年轻的玄奘，自己就在几年前曾拜于戒贤门下，并向他讲述了戒贤的人品和他的学说。由此，玄奘对天竺的向往变得愈发强烈了。

我认为波颇应当告诉了玄奘，西突厥的统叶护可汗虽然不是佛教徒，但是对佛教并无敌意，并且他品行端正，对前来寻求庇护的人也十分友善。另外，统叶护可汗治理有方，在西突厥势力范围内通行十分安全。

玄奘越过玉门关到达伊吾，准备从那里前往天山北路，这是一条接近西突厥势力范围的路线。他在伊吾与高昌国使者相会,在盛情邀请之下不得不进入吐鲁番盆地,但从高昌走到库车,便可越过天山出北路。虽然从库车直接前往天山南路,越过帕米尔高原更加轻松,但在这条路上据说十人中有三四人会被冻死,是一条十分艰险的跨越天山之路。他判断在统叶护可汗的庇护下旅行更加安全。像这样有关西域的最新消息,必须要向刚从西域来的人打听。

而波颇三藏在玄奘开始天竺的旅程之后,便奉太宗之旨从事译经工作,《大乘壮严经论》《宝星经》等都是成果。在其译经过程中,有法琳、慧乘、慧净、慧赜等19名优秀学问僧作助手,朝廷也提供了不少帮助。波颇三藏比起真谛,应该幸运得多。真谛明明是受邀而来,却因怀才不遇而客死广州,而波颇三藏并非被邀请而来,他是为了向北方的蕃族传播佛法来到此地。蕃族的首领虽然热情好客,却对佛法缺乏兴趣。蕃族只是偶尔向唐派遣使节,波颇三藏便随同他们来到了唐。

无论是陆路还是海路,从天竺前往中国首都并非易事。虽然有人是受到邀请,但如若内心没有燃起弘法的火焰,是不可能付诸实施的。

无论是中国人,还是日本人,来到中国的天竺僧中人们最为熟悉的便是达摩了。关于菩提达摩[1]的传说数不胜数,但竟然连他是从陆路而来还是从海路而来都搞不清楚。他来到中国的动机既有"悲悯边隅,正教陵替。遂能远涉山海,游化汉魏"这样的自发说(《楞伽师资记》),也有说法称其听从乃师般若多罗的指示而来(《祖堂集》)。即使同为自发说,既有因佛法未兴而来的说法,也有说因震旦(中国)的众生中蕴有大乘佛性。还有一种说法认为,他看到中国的众生有资质,欲加点化,便首先派遣两名弟子来到中国,而他们却不能为当地人所容,徒然迁化了,所以达摩亲自渡海而来。

达摩前来中国,动机种种,在来到中国的天竺僧中也有人与其一致。

---

1 Bodhidharma,也常将"摩"写作"磨"。——译者注

捌

为了弘法、求法而渡海、跨越流沙雪山的人，并非全是断舍私欲的圣人。冒着风险踏上旅程，还应该怀有其他动机。冒险的商人不怕死，是因为畏首畏尾便难以获得巨额财富，而多数冒险家则是为了名声才向危险挑战。英国著名登山家乔治·马洛里有一句名言——"因为山就在那里！"当然，也应该有人只是被跨越险境的快感所吸引而直面危险。

出家为僧但毕竟也是人，想完全舍弃物欲和成名欲也非常困难。15岁时来到洛阳的天竺僧人不空（Amoghavajra）是中国真言密教的集大成者。他于唐大历九年（774）六月十五日在长安圆寂，而同一天空海在日本的赞岐国多度郡屏风之浦出生，因此，空海坚信自己是不空转世。不空的译著浩如烟海，其中《金刚顶经》更是被奉为密教的基础圣典。他与鸠摩罗什、真谛、玄奘一起被称为四大译经僧。

当代唯物史观历史学家范文澜就指出了不空的"物欲"。

不空不仅从朝廷获得了"大广智三藏"的称号,也接受了特进试鸿胪卿的官职。所谓鸿胪卿,相当于外交大臣一职,而"特进"意为特别提拔,"试"是未正式任用但享受等同于外交大臣的待遇。日本有五山[1]僧侣担当外交事务的先例,同样,唐朝将外交顾问一职委托给出身天竺、详于外国事务的不空也很正常。不空还接受了"关府仪同三司"的称号,被封为肃国公,食邑三千户。所谓关府仪同三司,是指与司徒(相当于丞相)、司空(相当于副丞相)、太尉(相当于国防部长)的"三公"拥有相同的仪仗特权,该官职允许设府(自己的执政处),受到特别优待。

由不空请求而投资巨额修建的佛阁有很多座,如五台山的金阁寺等。并且,每次献上译好的佛经都会受到数额巨大的赏赐,因为是从国库拨款,使用的就是人们的纳税钱。虽然确实是间接的,但不也相当于盘剥百姓吗?范文澜甚至谈及不空的遗书。不空在遗书中详细嘱咐了如何处理自己所有的财产及从田园获得的收益。为了供奉文殊阁下道场的转念师僧,将这些财产和收入都留下,永久地充当香火和炭火等供养。一切都

---

[1] 五山制度(ござんせいど)是日本的寺格之一,主要是临济宗的制度,从上位开始区分成五山、十刹、诸山、林下。

不能出院外，也不允许外人拦截或侵吞。不空唠唠叨叨地留下了这份遗嘱。但佛教不是强调施舍吗？像不空这样飞黄腾达的人，让外人稍微得到一点儿恩惠也无妨，但不空也和俗世的守财奴一样，一直担心外人抢夺自己的遗产。

为这个批判辩护并不困难。种种荣誉称号和赏赐并不是不空向朝廷强行要求的。不光唯物史观，佛教界的文献中也可以看到指责不空的观点，认为他与宫廷的权力者或者军阀联系过于紧密。在不空看来，为了弘扬密教佛法，借助王者的力量应该最有效果。为救济众苦，必须得抓紧时间，从而他选择了一个捷径。空海得到不空得意弟子惠果（746—805）授予的阿阇梨位之后回到日本，也与朝廷保持了紧密的联系。看来他在行事方法上也继承了祖师的衣钵。

也有人认为，就算不建造金阁寺和文殊阁，国库的收入也未必用于人们的福利。佛阁建成的话，那里便会成为民众福利的据点，比起把钱用于其他地方无疑会更好。

还有人批评佛门中的名声欲望和占有欲，范文澜则把目标指向了玄奘一门。玄奘从天竺回来后翻译《成唯识论》，最初想与窥基[1]、神昉、嘉尚、普光等得意门生一同翻译，

---

1 一般称为窥基，但原本应为"基"一字。窥基俗姓尉迟，出身和田，即慈恩大师。——译者注

但因为窥基反对,最后只留下他一人作助手。有人便认为这反映了窥基的独占欲和玄奘偏心,如此一来便成了玄奘为窥基一人讲解唯识论。但新罗僧人圆测(613—696)贿赂了守卫,悄悄潜入讲堂偷听。讲义结束后,圆测立即返回西明寺,召集众僧,再原原本本地讲解一遍。这个故事是说窥基也被抢了先。这与独占欲和偏心一样,他们的竞争之心和追求名声的欲望也强烈地表现出来。富豪因为偏爱某个孩子,将更多的东西给这个孩子,便会招致其他孩子的反对。争夺财产的场面在俗世屡见不鲜,佛教界不也同样吗?大乘佛教,宣扬舍己济人的菩萨行,而玄奘一门的种种纠纷与之背道而驰。唯物史观的攻击也大致指向了这里。

不限于唯识论,密宗在这方面的倾向也很强。给未达到一定理解程度的人讲解高水平的佛法反而很危险。对唯识论的理解要是一知半解,或许很容易陷入虚无思想之中。而密教则是特别肯定生命的哲学,比如将男女之间的爱欲积极地评价为"菩萨位",若是不能透彻地理解这一思想,便极易迷失在低层次的声色中。所以,限制听众并不能说只是因为偏心。特别是唯识论,对阿赖耶识持否定立场的真谛已经将诸典译出,因此新译就不得不持极为慎重的态度。

玄奘最初考虑用四名得意弟子,将天竺十位大论师关于世亲（Vasubandhu）《唯识三十颂》的注释原封不动地翻译出来。但是，年轻的窥基则进言道，将十位大论师中最重要护法的注释作为中心，将另外九位大论师的注释有选择地编进去。玄奘听取了他的意见。他的印度老师戒贤是护法法统的继承者，细加分析，按照窥基进言的方式编译脉络更加清晰，玄奘也觉得这样更易于理解，从而改变了主意。在玄奘看来，窥基是他最为优秀的门生，既然确定了一脉相承的思想，将其他三人排除在外，从译经的技术层面来说也是理所应当的。

> 请错综群言，以为一本，楷定真谬，权衡盛则。

这是窥基在他所著《唯识枢要》中记载的自己向玄奘进言的经过。他并不单纯地认为只取一种观点要比十种观点更加易于理解，而是确信最好的办法是将护法的注释作为"真义"，另将其他内容作为补充内容加入其中。窥基已经达到这种境界，恐怕玄奘也一直在期待着这个建议吧。窥基后来以"慈恩大师"的法号闻名天下，被视为法相宗的始祖。

从《成唯识论》的共同翻译工作中被排除的另外三名弟子，其个人风格各有不同。普光文笔优美，历经20年为玄奘的授课做笔录。虽然最终要由玄奘过目，再加以润色，但是玄奘浩如烟海的译经，大部分可以说都是由普光打下的基础。并且玄奘将《俱舍论》仅教授给了普光。神昉是新罗人，在玄奘的译经工作中主要担当"证义"的工作。所谓"证义"，指的是在翻译者的身旁考究梵文。神昉应该具有优秀的语言才能。嘉尚则是在翻译《大般若经》时做证义。

选贤任能不管在哪个领域都理所应当。偷听一对一授课的圆测被法相宗视作异端，这件事可能也是捏造的插曲。他本是新罗王族，年轻时留学唐朝，拜在摄论学派的法常和僧辩门下。如前所述，他们属于真谛一脉，因而圆测跟随玄奘学习后，仍然保留了强烈的真谛无形象唯识论倾向。

慈恩大师窥基17岁出家之后立即拜于玄奘门下。与之不同的是，比他年长19岁的圆测遇到玄奘之前，先遇到了真谛一脉。窥基完全被那烂陀派浸染；圆测则残存着伐拉彼派的痕迹，其立场捉摸不定。窥基出身和田，但因他的家系始于北魏平东将军尉迟说，已经在中国生活几代，所以他的本籍也成了长安。圆测虽然是新罗王的孙子，但当时的新罗已经纳入唐文化圈。

法相宗始于慈恩大师窥基，他的得意门生慧沼（650—714）是第二祖。慧沼15岁出家拜入玄奘门下，之后又跟随窥基学习。传记中是这样记载的，但计算一下便知，玄奘在慧沼出家的那一年已经圆寂，因此慧沼主要受到了慈恩大师的熏陶。如此一来，可以说他与那烂陀派的有形象唯识论血脉相连。

菩提流志（Bodhiruci）主持的《大宝积经》翻译在长安崇福寺进行，慧沼担任证义工作。菩提流志接受了唐高宗的聘请，在武则天长寿二年（693）来到洛阳。因为与6世纪的菩提流（留）支完全同名，所以用"志"与"支"加以区别。菩提流志是南天竺人，与从和田来的实叉难陀（Sikṣānanda，652—710）共同新译了《华严经》。虽然实叉难陀也是和田出身，但与在唐出生的窥基不同，他在武则天时代经由敦煌来到中国。旧译《华严经》有不完善之处，为了填补缺漏必须获得梵本。实叉难陀便在于阗（和田）找到梵本，将其带了回来。他在武则天晚年时虽然一时回到于阗，但在唐再三邀请下，于景龙二年（708）再次入唐，住在大荐福寺。

即便有玄奘这样的人物进行了如此规模庞大的译经工作，也仍有不少经典未被译出，《大宝积经》即其中一部。菩提流志主持了其翻译工作，此时慧沼便为证义。

玄奘在世时，圆测尚未放弃真谛一派的倾向，作为一个另类，仍被接受为同门之人。但自从窥基和慧沼继承法统之后，圆测的异端性也就令人无法容忍了。慧沼在其《成唯识论了义灯》中严厉地批评了圆测的唯识论。

那烂陀派肯定阿赖耶识，玄奘按照那烂陀派的立场重新翻译唯识论的诸经典，译出之后，之前的译本都因为"旧译"而受到排斥。除了关于唯识论的解释不同外，玄奘翻译的方式也与之前大相径庭。玄奘坚持尽量忠实原文，一字一句地翻译为中文。在此之前，比如鸠摩罗什版的《法华经》，并不是逐字逐句从原文翻译过来的，但整体上也体现了经文的精神。不过，玄奘并未采取这样的翻译方式。总而言之，他坚持追求字义准确的翻译。

汉译《法华经》之所以能够打动许多人的心，要归功于鸠摩罗什大胆的意译，让译文十分生动活泼。而玄奘的译经虽然确切，但遗憾的是，也因其常常过于追求精确，致使文字丧失了灵动性。

虽然有这样的不足，但玄奘的所谓"新译"拥有十分强大的力量，这股力量的源泉不仅来源于翻译的准确性，也因他的译经是国家事业的一部分，由此也产生了莫大的能量。反过来看，译经能够如此准确，也可以说多亏了国家的支持。大批优秀学僧齐聚一堂，衣食无忧，将所有参考文献都收集在一起，又准备好存放它们的场所。要是没有国家的支持,并且是强盛的国力的话,这些是不可能做到的。这一切只有在太宗的时代才能实现。在唐玄宗时代的前半段也可能做到,不过8世纪下半叶之后,唐王朝虽然仍具实力,但完成这样大的事业已经十分困难了。当时还没有印刷技术,翻译出来的经典不通过抄写就无法流通传播,因而又动员了大批写字生参与到这项事业中。另外也需要校阅人员,检查是否有抄写错误。

译经确实准确无误,其权威性也通过国家得到了保证。因为玄奘在准确性上无比自信,所以新译本完成后便禁止通过旧译本学习唯识论了。给自己的弟子指定教材是理所当然的,但除了他的直系弟子,其他人也渐渐不用以前的版本了。这不仅仅是译文的正确性问题,新译本传播由国家主导,国家从中起到了重要作用。

虽然真谛当时也受到广州地方权贵的援助,但真谛旧译几乎是个人的事业。两相比较,差别自然巨大。真谛被中央——南北朝时期南朝的中央——佛教界所排斥,一直处于孤立状态。在他死后,从北朝的废佛运动导致北方僧侣向南迁移开始,他的译经终于得见天日。玄奘也是通过真谛的旧译敲开唯识论之门的。然而,不可思议的是,玄奘对于真谛却完全保持了沉默,与其说是因为不值一提而无视他,不如说是或许真谛在玄奘心中分量过重,从而无法发表意见。玄奘对真谛保持沉默,除了二者近百年的时代差之外,也可以看到重大的意义。太宗问玄奘关于《金刚般若经》的问题时,如前所述,玄奘举了鸠摩罗什和菩提留(流)支的译文为例,却并未提到真谛的译文。玄奘从天竺归来在洛阳与太宗见面时,希望在少林寺从事译经工作,理由如下:"是后魏孝文皇帝所造。即菩提留支三藏翻译经处。玄奘望为国就彼翻译。伏听敕旨。"可以看出玄奘对译经前辈菩提留支的仰慕之情。对此,太宗命令道,不要住在深山老林里,长安有一座弘福寺,又新又静,在那里翻译吧。不用说,玄奘只得遵从皇帝的旨意。这件事发生在他刚从天竺回来不久的贞观十九年(645),而12年后,即高宗显庆二年(657),他于父母坟墓改葬归乡时再次申请住进少林寺,而这一次又被高宗抚慰,未能如愿。玄奘的表文如下:

　　即后魏三藏菩提留支译经之处也。实可依归以修禅观。

高宗亲笔写的抚慰文中有如下几句:"省表。知欲晦迹岩泉。追林远而架往。托虑禅寂轨澄什。以标今。"文中的"林远"指的是东晋王羲之挚交支遁(314—366,别名道林，和庐山的慧远（334—416），而"澄什"则指佛图澄（232—348，出身库车）和鸠摩罗什。由此也可以想象，玄奘对前辈的尊敬之情是多么深厚。即便如此，玄奘对同属唯识宗的真谛却又为何三缄其口呢？

真谛这个名字，应该会让玄奘想起德慧和安慧等伐拉彼派的学说。他们的无形象唯识论在绝对知中不分见者和被见者，可能玄奘自身将他们当作遗留的课题。只要这一课题尚未解决，便无法提真谛的名字。

玖

　　玄奘受到强大的国家权力的援助,自然会有反对的声音。玄奘只认可新译本,态度未免过于强势。如前文提到的故事一样,一名叫法冲的僧人对玄奘说:"你也重新出家吧。"玄奘竟然无言以对,此后便稍微改变了态度。法冲是在颁布对私度僧处以极刑的法令时,冒死成为私度僧的,对权力的反感无疑也极其强烈。

　　无论是对抗权力也好,将权力当作背景也好,出家的目的还是为了拯救众生。应该如何拯救那些挣扎于生老病死"四苦"中的芸芸众生呢?四苦中最大的苦即为死。对死的恐惧,动摇人心,直到使人发狂。针对这一点,佛教强调死亡绝不恐怖,不如说死是获得绝对自由,是令人愉悦的事情。就这一点而言,如何更有说服力,还是在于出家修行。唯识论认为,一切存在不过是由识(内心的作用)表现出来的虚假存在，由此教导人们死亡并不是恐怖的事情。伐拉彼派和那烂陀派虽然关于认识作用的根源意见不同，即教导方式不尽相同，不过，对众生来说存在只是幻影，在此之中发生的死亡并不可怕，在此观点上二者保持一致。去除细枝末节，简单地说，哪种说法能够使人觉得死亡并不可怕才是问题所在。

此处再来谈一谈真谛自杀未遂一事。他因爱徒之死而绝望，从而产生了轻生的念头。要是一心求死，只要默默地自我了结便可，但他却将自杀之事告知众人。接着，他受到安慰，既而又放弃了自杀的念头。这到底是怎么一回事？真谛真实的意图，难道不是想通过自己的死来教导人们死并不可怕吗？四处宣扬自己准备自杀，这种奇怪行为只能作如此解读。我认为空海的"入定"也可以按照这一思路来解释。真谛一直在反复强调，存在只是幻影，可以说把自己的自然死亡提前也是对这种理论作最后总结的一种方式。他的弟子通过学问已然通晓了七分，如果看到他的死，至少能够理解到九成。

日本的补陀洛渡海也是一种自杀行为，是将从外面封起来的船只拖至海上再放开。据说，由此便可以前往观音的补陀洛[1],自愿参加的人也不在少数。理解了死亡并不可怕的人都期望登上那条船。

据说,观音的居所在印度马拉巴尔海岸的补怛洛伽（Potalaka）。玄奘的《大唐西域记》中有"布呾落迦山",是位于西藏拉萨的喇嘛宫殿,玄奘称之为"观音的化身",因而得名"布达拉宫"。位于中国浙江舟山群岛的普陀山也与旁边的小岛洛迦山一起被合称"普陀洛迦"。访问普陀山的时候,我在海岸边看到了清代的巨大石碑,上面刻着地方长官的布告。布告的内容是愚昧的男女想要依靠观音菩萨求得往生极乐,这座岛上便接连出现跳水自杀事件。要是官员知道有人跳水自杀而不加以阻止,要加以重罚。因此布告极为重要,刻字都涂上了朱墨。投水者虽然已死,但对此漠视不管的官员也会获罪。从字面上看,投水者并非偷偷摸摸,而似乎是告诉了大家,在许多人的见证下,从岩石上投身水中。不管是投水者开心赴死,或是看着他们赴死的人,他们都觉得死亡绝不是一件恐怖的事情。

被死亡的恐惧裹挟着度日的人十分悲哀。为了将那些

---

[1] 即中文中常说的"普陀山"。

人从死亡的恐怖中解放出来,真谛越海而来。为了寻找更好的解脱之法,玄奘踏尽丝绸之路的难关。都是为了佛陀的教诲,这么说显得太过抽象。而以"为了人间大爱"这一仍显抽象的表达来形容他们的追求,就显得极为具体了。

第三章 通往天竺之路

壹

一切的现象,皆由无数的因和无数的缘相互以形形色色的方式关联在一起而成立。没有孤立存在的事物。人们常常在难以解释清楚的时候搬出缘(pratyaya),但不能就此敷衍了事。所谓佛法,即将因(hetu)与缘一层层剥开,将没有任何实体存在的事实展示出来,从而将自己的心从表象世界中解放出来,最终使自己获得自由。大乘佛教并不只是追求自己的自由,而是始终以令所有人获得自由为目标。

玄奘正是为了更多的心灵获得自由,才前往天竺寻找有说服力之法的。

当时,人们理所应当地认为,一切之法皆在未来。我们生活在"现在"。未来之物唯有通过缘才能到达现世。所以,可以说玄奘是在依靠缘来行动,没有缘,法只能一直停留在未来了。

玄奘出生在陈家，幼时即入佛门，这些都是缘；为求佛法而决心以非法的形式出国也是缘。那一年偶然赶上了霜害，政府奖励疏散而使得旅行变得不再可疑，也无非是缘起。当时，一名秦州出身的僧人孝达，在长安学完《涅槃经》之后准备返回家乡。秦州位于今陕西和甘肃交界处，现存有麦积山这样了不起的佛教遗迹。正所谓"出门靠旅伴"，能与这位孝达一同前往到秦州也是缘分。到达秦州之后，那里正好有前往兰州的商队，玄奘得以与他们同行。在兰州又碰到了送完官马回来的凉州人，再次获准同行。所谓缘，通俗地说就是"条件"，而玄奘受到了各种眷顾。

长安方面一直在彻底追查这个曾经申请出国未得许可，现在离开长安试图偷渡出国的僧人玄奘。他们向凉州都护府发出了遣返此人的通告。《法师传》写道，当时的凉州都督是李大亮。根据史书记载，李大亮是贞观元年（627）九月辛酉被贬为殿中监的宇文士及继任者。玄奘于秋八月从长安出发，到达凉州时应该是十月左右。不过，他在凉州停留了大概一个月。作为宇文士及的继任者，如果李大亮九月从长安出发，应该是在玄奘之后才上任为新任都督。那些认为玄奘贞观三年（629）出发的人指出，玄奘如果于贞观元年（627）出发，就应该无法与李大亮相遇，他们可能擦肩而过。如果李大亮在宇文士及离开凉州前赴任并办理好交接手续，那么玄奘或许是在他上任之后才到凉州的。

总之，凉州都督传唤了玄奘，并劝告他返回长安。但是，河西[1]有一个名为慧威法师的佛教领袖，为玄奘的精神所感动，带着两个徒弟——慧琳和道整秘密地帮助他向西逃亡。凭借这份缘，玄奘到达了瓜州。

唐将河西各地以州名相称。按照汉代的郡名，凉州是武威，从那里再往西依次是甘州（张掖）、肃州（酒泉），然后便是瓜州。汉代的瓜州隶属敦煌郡，唐代从沙州（敦煌）分离出去。瓜州相当于现在的安西县，当时的玉门关即在比敦煌还要偏东的瓜州，或许玄奘是向波颇三藏询问后才取道伊吾的，因为他判断走被西突厥控制的路线会更加安全。要是取西域南道，应该直接从那里西行前往敦煌。玄奘从天竺回来时正好经过了那里。慧威法师的徒弟道整是敦煌人，他便去了敦煌。慧琳虽然留下，但无法强求天竺之旅，还是让他回去了。玄奘又成了孤家寡人。并且，凉州的通告也到达了瓜州。瓜州的官员李昌是佛教信徒。虽然他看出来这个滞留了一个月的僧人就是通告中所说的玄奘，但是，他却把通

1　黄河以西，凉州一带。——译者注

告拿给玄奘看,并当面将其撕毁。这岂不是对玄奘的鼓励?而且,可以说这是一段良缘吧。

当时玄奘于瓜州寺庙中的弥勒佛像前祈祷,希望能有一位向导带自己出境,此时碰巧有一个异族人走了进来,请求玄奘为自己授戒。玄奘为他授予五戒之后,凭借这个缘分,他答应为玄奘作向导。

为玄奘当向导的人名叫石磐陀,恐怕就是石国人。石国在今乌兹别克斯坦的首都塔什干附近。虽然现在居住的都是突厥系的乌兹别克人,但在玄奘的年代,那里是雅利安系的居住地,笼统地说就是伊朗系,也是更接近欧洲人的族群。

石磐陀是一个不可思议的男人,他明明请求玄奘为自己授戒,却在半夜举起了白刃。但他没有伤害玄奘,而是忠告他,虽然已经顺利度过了玉门关,但前方太危险,还是回去为好。玄奘没有理会这些劝告,他便自己一个人折返了。他到底要干什么呢?竟然举起了白刃,可是没走几步又改变了主意,是觉得已经被玄奘发现了吧。他可能想过夺走财物,但玄奘实在没有什么值钱的东西。也许他觉得冒着这么大的风险太过愚蠢,从而改变了心意吧。

解驾停憩。

《法师传》中有这样一句话。意思是解开行李停下来休息,行李中到底装着什么呢?除了随身物品,应该还有旅费和可以代替旅费的东西。开始这场规模空前的旅行,应该不会有强大的资助者。要是资助私自出国之事东窗事发,也会给资助者带来麻烦,故而不明说也在情理之中。但是像《法师传》这样后人写下的文献中也未留下任何蛛丝马迹。

应该还是没有什么值钱的东西。石磐陀偷偷地翻看了行李之后,一定很失望。好像玄奘要按照僧侣的做法,依靠布施继续旅行。在凉州停留的一个月,玄奘应当地僧俗之请,讲解了《涅槃》《摄论》《般若经》等经典。听众不限于当地人,还有西藏和西域的商人,大家都施舍了"珍宝"。

　　珍施丰厚,金钱,银钱,□,马无数。

《法师传》中如此记载。布施中的"□"一定是指奴婢。玄奘将其中一半当作"燃灯"[1]之用收下,剩余的都捐赠给了寺庙。不管是上供还是捐赠,他都没有将这些收入据为己有。他应该留出了旅费,但无欲无求的玄奘一定不会多取。他一定是觉得如果有必要,再讲经说法便可获得旅费。石磐陀冒着犯罪的危险,却只看到这么一点儿东西,其愤怒

1　在佛前点燃明灯上供。——译者注

之情也不难理解。

玉门关处的国境线就是瓠卢河,那是一条深不可测的湍流。合法的渡口只有这里。但因为是私自出国,玄奘不能在此渡河。石磐陀将玄奘带到河的上海。虽然无论哪里河水都很深,但溯流而上河面逐渐变窄。玄奘在约一丈宽的地方砍倒树木,临时搭桥越过了国境。

石磐陀已经折返,玄奘只得只身一人,骑着瘦弱的枣红马朝玉门关外的五烽出发。五座烽火台按照肉眼可见烟雾的距离并列排开。第一烽的校尉是一位叫王祥的善人,亲切地接待了玄奘,告诉他前行的路线,并建议玄奘顺道去拜访第四烽校尉王伯陇。到了王伯陇的第四烽后,他告诫玄奘看守第五烽的家伙们性情暴躁,不可接近。玄奘所乘的枣红马虽然瘦弱,却经验丰富,多次往返玉门关和伊吾。通过关门五烽之后是延绵800余里的大沙漠,叫莫贺延碛。玄奘在那里丢失了水袋,口渴难耐。这时,枣红马直接将他带到了水源处。

凭借环环相扣的缘分,玄奘到达了伊吾。按照玄奘的计划,自伊吾进一步从西北取道便可越过天山。那里当时是西突厥势力渗透最深的地方,治安良好。旅行中最重要的是治安问题,再艰险的道路,都不如盗贼可怕。

但是，玄奘在伊吾停留的时候，吐鲁番盆地的高昌国使者前来拜访。实际上伊吾刚刚成为高昌国的附属国。那位使者一回国，就将玄奘在伊吾之事报告给了国王。皈依佛门的国王邀请了玄奘。前来迎接的人已经到达伊吾，玄奘便也不好拒绝，无奈更改了路线，起身前往天山南路的高昌国。

玄奘随缘度过玉门关，又经由关外五烽平安地经过了莫贺延碛的流沙，他可能觉得还是不要逆缘而动为好吧。因为伊吾已臣服于高昌国，玄奘可能顾虑若是拒绝高昌国的邀请也会对伊吾很不利。更何况高昌在伊吾的西边，到那里也就更接近天竺了。就前往天竺这一大目标来看，去吐鲁番盆地也算顺路。

《法师传》记录了玄奘秋八月出长安，但并未标注日期。不过，从伊吾前往高昌时，基本可以断定已近年关。玄奘停留在高昌国的时间，可以认定是在贞观二年（628）年初。

贰

高昌国位于现在中国新疆维吾尔自治区吐鲁番盆地,存在时间为公元5世纪到7世纪。

现在吐鲁番县城以东大约46千米的地方,有一座"高昌故城",是全国重点文物保护单位,这处遗迹就是上文所说的高昌国都城。20世纪初,施泰因等外国探险家曾经做过调查,并以"喀喇和卓"[1]之名介绍给世人。

公元前的西汉时代,汉族人在这里屯田,加以开发,建造了如城塞一样的堡垒,被称为"高昌壁"。在南北分裂的4世纪到5世纪,河西地区各种短命地方政权频繁更迭。那些独立小国均采用"凉"作为国号,后世史学家为区分它们,称其为前凉、后凉、北凉、南凉、西凉,统称"五凉",吐鲁

---

1 此名来自于波斯语"Kara-Khodjo",意为"黑色高昌"。

番盆地大多在这些政权的统治之下。

440年左右,北凉匈奴系王族逃到这里建立政权。吐鲁番终于从河西政权独立出来,但是土著的汉族人又迅速将其取代。

玄奘前往天竺途中经过的高昌国,是麹氏的汉族王朝。麹氏王朝第一代国王麹嘉于498年夺取了政权。玄奘访问高昌国时,按照唐贞观二年(628)计算,高昌正好迎来建国130周年。

当时高昌国国王是一位名叫麹文泰的人物,其父麹伯雅5年前去世,曾于隋时入朝,还在隋炀帝远征高句丽时随军出战,之后隋把外戚宇文氏的女儿嫁给了他。高昌国建国以来,也仿照中原采用年号,玄奘访问时高昌国的年号为"延寿"。即使中原的政权由隋变为唐,高昌国也不曾怠慢朝贡。麹伯雅去世时,唐还派遣河州刺史朱惠表前去吊唁。唐对高昌国的朝贡也施以还礼。有记载,唐太宗曾将花钿送给麹文泰之妻。

如此说来,高昌可以说是十分亲唐的政权了,但是丝绸之路上的绿洲国家国情极为复杂。东边有唐这一大国,西边也有西突厥这一大势力。高昌国的王族里也有西突厥的血脉,麹文泰的曾祖母就是突厥可汗之女。高昌国当时也有突厥的监督官常驻其中。

当时突厥是西域势力庞大的突厥系部族政权。

高昌国国王麴文泰对学识渊博、品格高洁并且眉清目秀的年轻玄奘完全着了迷。玄奘本打算在高昌国停留十余日便出发,但国王无论如何都不肯放他走。

他说,愿意让高昌国国民全部成为玄奘的弟子,让其成为数千僧徒之师,频频地挽留他。但是,玄奘的决心并未动摇。他一心前往天竺,解开佛法教学上的疑惑,求取未传到中原的经文。

国王牵袂挽留,大声说道:"我要是挽留老师(玄奘),您如何能自己离开这里呢?我一定会阻止您的。我还可以将您强制遣返。请您三思,一定要按照我说的来做。"

如此这般,半是威胁,半是哀求。

"玄奘来到此地是为了求取大法。大王以武力强留,留下的不过是我的骨头,而不是我的精神。"这是玄奘的回应。随后,高昌王呜咽起来,泣不成声。

此后,高昌王每日都献上食物,但玄奘却以绝食相逼,明确自己的态度。绝食的第四天,高昌王终于罢休,允许玄奘出行,但请求他从天竺归来时在高昌接受三年供养,玄奘也同意了。因为这一约定,玄奘从天竺回国时才没有选择更为轻松的海路，而是原路返回。

高昌王麴文泰极力挽留时口中提到的"强制遣返"，理由不用多说，就是前文提到的玄奘出国并不合法。

与唐有国交的高昌如果想要那样做，是可以将玄奘直接遣送回长安的，但倾仰于玄奘的高昌国国王不过是为了威胁，说说而已，当然不会这样做。

高昌国国王准许玄奘出发，但请求他再多待一个月，希望玄奘在此期间讲授《仁王般若经》，玄奘肯定无法拒绝这一请求。

高昌国局势复杂，不仅在于外交关系，其国情也决不单纯。以国王为首的王族和统治阶层是汉族，但居民中伊朗系民族也不在少数。宗教方面佛教最为兴盛，但也有琐罗亚斯德教（拜火教）及摩尼教和基督教的分支聂斯脱里教（景教）。

算来我探访丝绸之路已达10次之多，其中大半都不是受人所托，而是遵从内心的强烈愿望而出发的私人旅行。每当有人问起那里有何吸引人的地方，我总是千篇一律地答道："因为那里是各民族、各种文明相互交汇之处。"但另一方面，我也想向玄奘寻求答案。那条充满苦难的天竺之路，究竟是什么驱使着他无畏前行呢？即使就那样留在长安，身为英俊的沙门,将来不也定能成为佛教界一颗冉冉升起的新星吗?

为了寻求玄奘的答案,我探访了西域和天竺。我想,要是走一遍高僧玄奘走过的道路,应该能在哪里听到他的声音。我穿行在这1300多年前的路线上,不仅是为了踏查古迹,更想触摸玄奘的内心。

我第三次拜访吐鲁番盆地的时候,已经熟悉我的当地人带着几分难以理解的表情说"你又来了呀",之后再添上一句"又去高昌故城了吗",我则答道,"当然去了"。

这种零散的旅行重复了不知多少次。1979年秋天,我与《朝日新闻》的伴野朗结伴而行,成功探索了相当多玄奘当年的行迹,自不必说,当时也是从高昌城出发的。站在故城遗迹前,各种各样的情感萦绕在我的脑海中,我从未感到厌倦,自己也觉得不可思议。

看到高昌故城的遗迹,首先让人吃惊的是那浓厚的伊朗氛围。尚未完全坍塌的建筑多为宫殿和寺庙,是因为建造得十分结实,所以风蚀崩塌的过程也慢得多。而粗陋的民居,则很快便消失得无影无踪。都城的内侧为长方形,这是中原的风格,而非正方形的外城无疑是后来补上的。地上残留的建筑物还处于半毁状态,已经失去了平衡,如果放任不管可能会加速自然损毁。因此,最近正在对重要文物进行加固。

此地雨量稀少,所以建筑材料是未经过火烧自然风干的土炼瓦。原本的遗迹部分和后来加固的部分不能混到一起,最近加固上去的土炼瓦比从前的更小,这是特地为了让它们更加容易区分。

玄奘对伊朗系居民信仰的琐罗亚斯德教有多大程度了解,我个人颇感兴趣,然而没有留下相关记录。

但是,玄奘滞留高昌国时所见到的风俗习惯却十分清晰地记录了下来。

高昌故城的旁边有一座名为阿斯塔纳的墓地,那里出土了包括干尸在内的很多陪葬品。贵族下葬时会给他的家臣、士兵、女佣等制作人俑,布置在棺椁旁。因为土质极为干燥,所以被发掘出来时保存状态十分良好。

在日本举办的中国出土文物展也展出了阿斯塔纳俑。印度新德里的国家博物馆中,阿斯塔纳出土的俑也不在少数。从那些人俑的特征可以看出,虽然男性伊朗系居民都穿着伊朗风格的衣服,但女性无论是化妆风格还是服装,皆多为汉族风格。

从高昌故城的遗迹和这些出土文物中,我们可以想象出玄奘当时见到的高昌国的风俗。

玄奘应当在高昌国停留了50天左右。从国王那里获准出发后，玄奘有一个月的时间在讲解《仁王般若经》。这段时间不可能从早到晚一直讲经，想必在此期间他不会只闷在高昌城内。

吐鲁番盆地中除了作为首都的高昌城，还有一个名叫交河城的城池。

交河城和高昌城都是在同一时期——东汉时期开垦的屯田基地。如其名所示，是在两条河流交汇处建立的城市。交河城虽然规模比高昌城小了一个等级，但南北朝时期曾作为车师国的王城，也应该是一度极为繁荣的城市。车师国被高昌国吞并之后，交河城作为高昌国的第二大都市便发展了起来。

这样一座繁华的城市，玄奘没有道理不过来观光一下。

因为并非首都，所以没有宫殿和政厅，政治色彩淡薄，可以放松心情尽情游览一番。

交河故城位于吐鲁蕃市以西约12千米的地方，也是全国重点文物保护单位，残存的建筑物比高昌故城还要多。

虽然没有确切记录，但交河城被遗弃成为遗迹的年代应该更晚，据传是在14世纪左右的元代被遗弃的。高昌城的居民肯定早在此前便搬离了。如前所述，高昌城内只剩下宫殿和寺院等主要建筑，但交河城中还留下了百姓生活的痕迹。

交河城堪称"雕刻都市",以两河交汇处的高地为基础,展现了精湛的建筑技巧。比如,那里挖掘出一条宽3米,深3米的长堑壕。3米的宽度对于堑壕来说过宽了,但是其底部是道路,左右的墙壁中都开凿着洞窟式的住宅。

虽然被称作雕刻都市,但某种意义上也可称作地下都市——地面即为住宅的屋顶,几条道路纵横交错其中,一直延伸到悬崖边,宽阔的道路上一片晴空,如果整个城市均是雕刻而成,那么交河就是个了不起的地下都市。当然,地上也有自然风干的炼瓦垒砌起来的房屋。寺庙和办公场所当然建在地上,但那毕竟只是少数重要的建筑物。平民的住宅基本都在地下,墙壁就是天然的泥土。在土层的断面上经常有一条线贯穿其中,而交河城内每一家的墙壁上都出现相同高度的线。同时,到处都有红褐色的部分,多为直径30厘米左右,那是灶台的痕迹,人类生活的痕迹都印在了那里。这样想来,简直就是一副活生生的场景,在那里生活过的人们的气息仿佛迎面吹来。

高昌故城因为未能留下平民居住的痕迹,所以并没有这种感觉。或许岁月具有净化作用,人类活动的痕迹都风化了,只剩下纯粹的遗迹。

交河故城中只有南门和东门。东西长1.5千米,宽不过

300米，呈现出一种不规则的形状。因为地处两河交汇处，故城就成了这副模样。

城内的北部宝塔林立，可知曾为寺院领地。现存最大的塔是南北朝时代的建筑，玄奘前去拜访的时候，还能看到其伟岸的身姿直指西域的晴空吧。佛龛也保存了下来，但其中的佛像已经丢失。当然这座塔也是用自然风干的炼瓦垒砌的。

东门附近有一处好像是卫队驻屯所一样的地方，其建筑物上开着小孔，一定是射箭用的。

南部为手工业者和商人居住的地区，也就是闹市区。这里又分成很多小区，生活的气息最为浓厚。因为是凿刻出来的，所以住宅只能一家挨着一家了。

城内几乎正中央的位置有一座广场，驴能慢悠悠地走来走去。它们被绳子连在一起，只是按照同样的路线往返。仔细一看，原来是从地下将土挖上来。

据向导介绍，那里是交河故城从前的水井的遗迹。那座古水井当然已经被埋在黄土之下，现在只是试验性地在那里反复挖掘。对驴来说这也是过于单调的工作，它们时不时地闹脾气，突然停住，站在那里一动不动。于是，有5个女孩拿着枝条抽打它们，驴便不情不愿地再次踱起步来。

我们不知厌倦地望着那里。从前的工匠也是这样重复着单调的工作吧。玄奘恐怕也在这座城中像现在的我们一样，一直盯着那些动作。我们只是无所事事地看着，但玄奘应该会从中诞生出哲学思考吧。

我询问了其中一位女孩的名字，她答道"Tolsunhan"。向导在笔记中用汉字写下"吐尔逊汗"，那是一个非常有魅力的女孩。

高昌故城与交河故城相距约60千米。按照日行30千米计算，单程需要2天，往返则需4天。玄奘可能在高昌城滞留期间去了交河城，但也说不定是在离开高昌西行途中顺便经过那里的。

与之相比，柏孜克里克的石窟就没有那么远了。1973年，我第一次前往柏孜克里克时，从高昌故城乘车只用了半小时。如果乘马去，稍微加快行程，当天往返也不是不可能。不过，当时我走过的那条路后来因河水泛滥而损毁。6年后的1979年，我不得不由火焰山内侧人迹罕至的小路取道前往那里。

"柏孜克里克"本是维吾尔语，即装饰得极美的地方。木头沟河的悬崖上凿出了约45座石窟，多是8世纪后回鹘时代建造的，最古老的可追溯至隋。如此看来，玄奘访问高昌时那里应该已经有了几座石窟寺了。

玄奘从印度归来时途经敦煌，但他去时是从敦煌东边的玉门关[1]穿过的，所以他此时并未见到那个有名的敦煌莫高窟千佛洞。他要是去了柏孜克里克，那里应该是他初次体验西域风格的石窟寺的地方。

柏孜克里克附近的山脉被称作火焰山。《西游记》中有一座同名的山——孙悟空为了扑灭山上的火焰，从铁扇公主那里夺取了芭蕉扇。这个故事家喻户晓，由此关系，现实中的火焰山也闻名遐迩。

红色的山体因侵蚀作用纵向上生出了很多条线，地气上腾时便晃动起来，看着确实像火焰一般。加之海拔低于海平面154米的吐鲁番盆地夏日极为炎热，40摄氏度的高温天气持续不断，这种高温也使人联想到火焰。

第一次来到这里时，我们还可以自由地出入火焰山中的柏孜克里克千佛洞，甚至还能拍照，但6年后状况发生了巨变。

20世纪初，德国的格伦威德尔和勒柯克、英国的斯坦因、日本的大谷探险队都到过这里，接连不断地揭下壁画，将其带走。可想而知，与被揭去部分相接的壁画因为失去支

1　汉代的玉门关位于敦煌以西。——译者注

撑而变得不牢固，容易脱落。在这之后又过了半个世纪，仅存的壁画也处于危险的状态。为了保护石窟中的壁画，首先在入口处用门封堵上，防止风沙侵蚀。如今仅为参观者开放了几处石窟。

可以参观的石窟壁画也有脱落的危险，有些地方用塑料覆盖上了，只能用"满身疮痍，绷带缠身"来形容了。但是，如果玄奘在那里看到了隋代的壁画，刚刚画上不过几十年，画作尚新，想必极为华丽。玄奘的《大唐西域记》并未记录高昌的事情，因为这部作品只记录外国的风土人情，而在他撰写时高昌对唐来说不算是外国。

高昌是与玄奘的青春密切相关的国家。而这个国家，不是被别人，正是被玄奘的故国大唐王朝所吞并的。这发生在玄奘尚在天竺期间。

高昌在贞观十四年（640）秋天灭亡，而玄奘告别留学地那烂陀，开始归国的旅程是在整整一年之后，即641年的秋天。高昌亡国的消息，此时还未传到印度。

玄奘为了履行与高昌国国王麴文泰的约定，放弃轻松的海路而选择了充满艰险的陆路。然而，麴文泰却已经离开了人世。

玄奘知道与自己立下约定之人已不在人世的时候，已经是进入兴都库什山脉（今阿富汗北部）之后的事情了，此时再换成海路已经不可能了。

玄奘原本打算按照来时同样的路线，从兴都库什山脉经由撒马尔罕越过天山，沿着天山南路到达约定之地高昌王国。不过，如果不用再去高昌的话，有一条更近的归国之路，即取西域南道，沿和田前往敦煌，为此必须翻越帕米尔高原。

叁

高昌究竟是如何灭亡的呢？

玄奘到访高昌两年后，国王麴文泰亲自前往路途遥远的长安，拜谒唐太宗并宣誓效忠。而且效忠并未停留在表面，他还用千里迢迢的入朝行为表现出来，由此获得实际利益。

看地图便可一目了然，从天山南路的焉耆到高昌，经过伊吾（今哈密）到达敦煌，当时的这条路线是一条很大的弧线。而从焉耆经由楼兰到达敦煌的旧路则近得多，5世纪初法显进入天竺走的就是这条路，然而唐初这条路已经废弃了。

但是，与高昌关系不和的焉耆想要恢复这条旧路，而唐则准备支持这一计划。一旦恢复这条旧路线，高昌便会偏离丝绸之路的主干道，难以维持一直以来的繁荣。这是一个生死攸关的问题。

对高昌来说，阻止恢复旧路线是实际利益，于是高昌便攻打了焉耆。而唐对此事颇为不满，派遣了问罪使，麴文泰只是若无其事地答复道"这是为了生存"。他的背后实则有西突厥为其撑腰，原本在唐与西突厥之间维持平衡的高昌，在考虑了利害关系之后，决意投奔西突厥。

唐太宗派遣大元帅侯君集率领大军攻打高昌，而高昌依仗的西突厥只有声援，未能提供有力的援助。在西突厥看来，应该避免与强大的唐军正面冲突。唐攻打高昌对西突厥来说无关大局，或许他们决定不能赌上国运援助高昌。

高昌国国王麴文泰在唐军迫近之时在忧惧中死去，其子麴智盛成为新的高昌国国王，但终究无法抵御唐的进攻，只能打开城门投降。唐太宗将高昌作为直辖领地纳入版图，称为西州，设置安西都护府。高昌国便如此这般消失于历史之中。此时已是唐贞观十四年（640），距离玄奘离开高昌过去了12年。

玄奘由高昌出发之时，麴文泰除了僧衣和御寒衣物之外，还赠送了黄金100两、银钱3万枚及绫和绢500匹。他将这些赠品充作往返20年的旅费，同时还写了24封介绍信，每一封都附有大绫一匹。这24封信正是写给沿途各国国王的。

虽然称为沿途24国，但当时这些国家几乎都处在西突厥的势力范围内。高昌自身也几乎有一半是西突厥的附属国，而另"一半"则意味着高昌也是唐的附属国。高昌国国王前往唐的首都长安朝贡，其国内也有西突厥的监督官常驻。

麹文泰给玄奘带去的前往西突厥的介绍信中写道："法师者是奴弟。欲求法于婆罗门国。愿可汗怜师如怜奴。"

他为西突厥王特意准备了绫绡500匹和两车水果做礼物。

30匹马和25人的手力也是高昌国国王真心的饯别礼。并且，为了能让玄奘顺利到达西突厥，麹文泰还让一位名叫欢信的殿中侍御史陪同前往。

出发当日，国王在城西抱着玄奘痛哭，难分难舍，一路又同行了数十里，没有比这更盛情的款待了。玄奘肯定一直在想，如此厚待自己的高昌国国王，无论发生什么事情，都要履行和他的约定。

玄奘骑着马，从高昌向西行，右侧是一直延绵着的火焰山的红色山体。高昌王一直送到了哪里呢？《法师传》记载为"数十里"。当时的一里大概相当于现在的五六十米，一日行程平均30千米，恐怕是走了10千米左右返回的吧，应该没有走到今天吐鲁番县城附近。途中依依惜别，可能休息了几次。

今天那里有很多葡萄园，被称作"葡萄沟"，葡萄架常常延绵数千米。我们参观完高昌故城回到县城的时候，也曾在那挂满葡萄的绿荫下休息，旁边则有清澈的河水流过。

但是，离开葡萄沟后便都是不毛之地了。两旁的山上寸草不生，满眼灰色。随处建着的"阴房"勉强打破了这单调的景观。所谓阴房，指的是悬挂葡萄的场所。将土炼瓦交叉垒起来，尽量多地留出缝隙来，葡萄必须放在通风良好的地方晾干。

用阴房制作葡萄干起源于何时，连当地人也不知晓。玄奘的时代恐怕还没有阴房这种事物。

吐鲁番盆地的自然景观自唐以来几乎没有太大变化，但建筑物则另当别论了。

吐鲁番县城附近，耸立着一座名为"额敏塔"的著名清真寺塔。塔高44米，从很远的地方都能看见。"额敏"是人名，即部落首长额敏和卓，清朝时期被封为吐鲁番郡王，任参赞大臣。他在去世前捐出白银7000两，发愿建立一座清真寺。实际建成这座寺院的，是他的儿子苏来满，因而这座塔的正式名称为"苏公塔"。但是一般来说"额敏塔"的叫法更为普遍。

这座塔的历史刚满200年，玄奘当然不曾见过。玄奘做梦也没想到，他曾拜访过的高昌国曾住满虔诚佛教徒，而几百年后会伊斯兰化。玄奘的时代正是伊斯兰教发展的阵痛期,他应该完全不知道有这样一个宗教信仰存在。

在历史的长河中,屡屡发生生活在那个时代的人根本无法想象的事。

以印度为首,玄奘走过的地方中坚信佛教的已寥寥无几,如今都信奉印度教、伊斯兰教。

即使仰望着这座清真寺塔,我也绝不认为他的苦难之旅毫无意义。他的行为归根结底是为了拯救天下苍生,其内心深处那超越宗教宗派的伟大精神,无论何时都会熠熠生辉。

离开高昌城后,玄奘一行人或许第二天在交河城停留一晚。后来唐消灭高昌,设置安西都护府,便选在了吐鲁番第二大城市交河城,而不是高昌。虽然可能也有对亡国之都敬而远之的考虑,但唐太宗的目光无疑是更远的西方。唐太宗虽未能实现,但最终唐的版图还是继续向西扩张了。

玄奘经过的道路,现在已经铺建铁路,从吐鲁番至库尔勒的铁路已基本完工,那里矿产资源丰富,铁路或许以运输为目的。玄奘一行遭到盗贼袭击的那座银山,从名字也可以看出当时有白银出产。《大唐西域记》中的阿耆尼国,即焉耆。这个名字早已出现,《汉书·西域传》中便记为"焉耆"。所有的"焉耆"都是"agni"的汉译,表示"火"的意思。

因这里也曾是佛教国家,国王和大臣都出来迎接,并献上贡食,但对于玄奘一行替换马匹的请求却并未答应,只是行了迎接礼便草草了事,之后便不予理睬了。

高昌国国王麹文泰给玄奘的24封介绍信中,第一封便是写给这位阿耆尼王的。这样的介绍信可能不写反而会更好,因为高昌与阿耆尼之间水火不容。

如前所述,阿耆尼想要重新启用经由楼兰前往敦煌的旧道,因当时路线的好处全被高昌拿走了,因而两国的关系并不融洽。

"好啊!这和尚竟然是高昌王麹文泰的干弟弟,随便应付一下吧。"阿耆尼王应该是这么想的。

根据《新唐书》,这位阿耆尼国王名为"龙突骑支",玄奘在《大唐西域记》中也评价这位国王有勇有谋。

因为遭到冷遇,所以玄奘一行只在该国的都城停留一夜便继续西行了。《法师传》中载:

> 其国先被高昌寇扰,有恨。

以前可能也有一些高昌人闯入阿耆尼国寻衅滋事,但真刀真枪地入侵领土则是发生在玄奘旅行之后的事。

玄奘离开此地4年后的贞观六年(632),阿耆尼第一次向长安派遣了使节。虽然一直想向唐进贡,却一直因为高昌的阻挠未能成功,所谓进贡也就是通商。

"不必特地跑去长安,我们高昌替你们代办了吧。"

就这样,高昌一直阻碍阿耆尼与唐直接接触。

阿耆尼奏请重新开通"大碛道"——这是一条自隋以来被关闭的旧道,唐太宗准许了。

对此不满的高昌发兵侵扰了阿耆尼边境,这无疑损害了其在唐太宗心中的印象。

贞观十二年(638),高昌进攻了阿耆尼的5个城镇,掳去1500名俘虏,并四处纵火。由此,唐决定远征高昌。唐一向高昌出兵,阿耆尼便兴高采烈地作为唐的盟友一同出兵,夺回了被攻占的城镇,救出了被俘虏的人。

虽然两国冲突的白热化是此后的事情,但玄奘访问时两国不和已显现出来。玄奘是受其牵连才受到冷遇的。

肆

玄奘接下来访问的是屈支国,即今库车。《汉书》《新唐书》等文献中对应名称为"龟兹",此外也有写作"屈茨"或者"苦叉"的。

从乌鲁木齐飞到喀什要经停在库车机场。库车之后是阿克苏,最后就是终点站喀什。

库车是县,从属于阿克苏地区。我们从机场一出来便有人前来迎接。我认出其中一人是几年前在阿克苏机场见过面的郭坚先生,他当时是阿克苏地区的外事科副科长。在这种地方还能碰到老朋友,着实让我安心不少。

玄奘在库车停留了60多天,但跟在高昌国时被国王强行挽留下来不一样,这是由于他没有选择从天山南麓向西南方向越过阿克苏、喀什和帕米尔这一条路线,而是选择由库车向西北跨越天山的缘故。这是经由塔什干、撒马尔罕[1]前往阿富汗的路线。

在地图上看,翻越帕米尔高原可能更近,但是玄奘不得不翻越天山,因为高昌国国王的24封介绍信是写给这条路线上沿途各国的。最重要的西突厥可汗也在天山的另一侧。高昌国国王派来的人也必须前往西突厥可汗之处,因其国王还给可汗带了礼物。

佛教重视缘分。玄奘选择遵从同高昌国国王结下的缘分,这看起来很被动。可以说这次取经之旅,玄奘尽量把一切都交给缘分,而不是依靠发挥自己的能量。但是,就这一点而论,选择交给缘分就等于选择了远路、难路。

似乎玄奘的魅力就在于能从被动状态转变成积极进取的状态。玄奘一直期待着令人愉快的意外发生。他知道在未来的某一天,自己会发现相见恨晚的伯乐在远方恭候已久。

他到达库车时,并不是翻越天山的好时候。大雪封山,他只好等待冰雪融解。在库车停留的60余天是等待天山雪路开通的一段时间。如果沿着天山南路向西南前进,很快就可以看到北印度,但是玄奘不愿与缘分背道而驰。

---

1 现均在乌兹别克斯坦境内。

《大唐西域记》中虽然写的是"屈支",但还是《汉书》《新唐书》里的"龟兹"更让我们感到亲切。由"龟兹之乐"的说法可知,此地因歌舞乐曲之盛而闻名。

盛唐时,为长安宫廷锦上添花的音乐家多出身此地,而现在从这里也走出了很多优秀歌手、舞蹈家和音乐家。

这里信仰的宗教也由佛教变成了伊斯兰教,历史上的几次大变动也让当地居民频繁迁移,玄奘访问时大多数居民还是伊朗系民族,如今突厥系的维吾尔族则占大多数。宗教改变了,居民变动了,但载歌载舞的传统却一如既往。

玄奘也在《大唐西域记》中记载,此地的管弦伎乐十分有名。

从阿耆尼到库车,需要在西南200里处翻越一座小山,渡过两条大河,再走700里。

玄奘接近库车国都时,国王带领群臣以及木叉毱多等高僧一起出门迎接。此外,还有数千名僧人在城东的门外拉起幔幕,安置佛像,奏起音乐。

虽然在阿耆尼时国王也出门迎接了,但对玄奘一行的态度却很冷淡。不过,在库车玄奘却受到了极其热烈的欢迎。

对玄奘而言,虽然是第一次到访这个国家,但这里是中国佛教界的先驱鸠摩罗什的出生地,应该有几分亲切感吧。

对于为信仰而生的玄奘来说，应该没有来到异国他乡的感觉。汉译《妙法莲华经》《般若经》《阿弥陀经》等佛典，玄奘自幼便耳濡目染，其译者正是鸠摩罗什。这是一块与佛教有缘的土地，并且缘分极为深厚。

玄奘停留过的吐鲁番（高昌）、喀什、塔什干、和田等地都没有留下关于玄奘的传说，所以只能凭借我们的想象。比如，柏孜克里克距离高昌故城不远，第25座石窟又于隋代所建，或许玄奘到过那里。但是，当地并没有玄奘到此参拜的传说。

也许是因为西域已经伊斯兰化了，所以佛教方面的传说才没有流传下来吧。但例外的是，库车的库木吐喇还流传着玄奘说法的故事。库木吐喇是距库车县城西北约30千米的千佛洞。"库木"意为沙子，"吐喇"则是烽火台。千佛洞是石窟寺群的俗称，维吾尔语中读为"minui"，"min"是"千"，"ui"是"家"的意思。我本以为千佛洞是指许多的佛像、佛画装饰的石窟寺，但事实并非如此。"许多"不是形容佛像佛画，而是石窟寺院，所以正确的理解并不是"千佛之洞"，而是"千之佛洞"之意。

库木吐喇有106座洞窟，但是并不是所有洞窟都是用壁画装饰。洞窟分为僧窟、禅窟和佛窟三种。僧窟为僧侣居住的场所；禅窟是修行的场所；有壁画或佛像的只有佛窟。严格来说，最后一种才是石窟寺院。

洞窟都编有相连的号码，从第68窟到第72窟的5座石窟是一个区域，有回廊相连。当地人将这5座石窟统称为"讲经堂"，玄奘逗留库车时曾在这里说法的传说流传至今。

这5座石窟都建在高处，回廊之外便为悬崖峭壁，其高度令恐高症患者感到头晕目眩。实际上这座回廊的外面曾经有一个突出的宽阔舞台，搭在许多结实的木柱上。如今，在崖面上还可以看到一些四四方方的洞眼，这正是曾经嵌入木料的地方。这表明，"上千人可以在舞台上坐着聆听讲法"。

那么，玄奘究竟是用什么语言讲法的呢？

进入第69窟，左侧的墙壁上可以看到不常见的横写文字，这就是龟兹文字，也就是所谓的吐火罗语，属于印欧语系。根据《大唐西域记》，这一文字是借自印度文字，将其稍加改造而成。

将古库车语称作吐火罗语，其实是一种错误的解读。吐火罗与在中国文献中记载的"都货罗"，即中亚的巴克特里亚并无关系。在出土的古代土耳其语译本《弥勒下生经》的后记开头有如下记述："从印度语译为吐火罗语，又从吐火罗语译为土耳其语。"正因这种解读才将古库车语称为吐火罗语。但是随着研究的深入，发现这其实是误读，正确的说法应该是"twγry"，但当时前一种叫法已经约定俗成了。

这一语言是雅利安系，从语言学上属于印欧语系。印欧语系大体上可分为咝音类语言[1]和颚音类语言[2]两大语群，而古库车语意外地属于颚音类语言。

语言与民族的关系十分复杂，无法一概而论，但按照最为常识性的推测，9世纪突厥系的维吾尔族人蜂拥而入之前的天山南路，民族血统似乎比伊朗人更接近欧洲人，玄奘见到的正是这些人。但是，人们发现贝叶文时误以为是吐火罗语，其实是斜形的婆罗米文字，因为这是印度的文字，所以玄奘的记述无误。

玄奘应该不会说这样的库车语，但是，他身为学问僧应该通晓当时的印度语。

库车也属于佛教圈，所以佛教用语应该与印度语共通。为了讲经说法，玄奘肯定使用了在中国学过的当时的印度语，以便于当地人理解。

虽然这都是我的想象，但从汉武帝经营西域以来，东汉

---

1 Satem，有印度语、伊朗语等。——译者注
2 Centum，包含希腊语、拉丁语和日耳曼语。——译者注

班超和前秦吕光等人也都在西域进行军事活动，一直以来库车也与中原王朝保持着联系，另外，也有贸易上的需要，所以这里说不定有不少除了母语外还通晓汉语之人。丝绸之路上的绿洲居民其实是超乎想象的国际人。

第69窟的正面墙壁磨损严重，但仍依稀可见一幅法轮图，上面有"法轮常转"四字。另外，还可以勉强读出"都""惠"等文字。

说不定玄奘就在这座讲经堂中用汉语说法，懂汉语的人到这里听讲。绿洲居民的语言能力是万万不可小觑的。

千佛洞多建在河畔。根据记载，最有名的敦煌莫高窟千佛洞之前曾有一条"党河"在此流过，虽然现在已经干涸。

可能由于河岸崖壁的倾斜程度适于开凿石窟。另外，毕竟是在沙漠中的酷热之地，修行和居住场所的石窟首先要选一个清凉的环境，而面向河流的地方，不必说一定很凉爽。

库木吐喇千佛洞的前面，流淌着渭干河。库车河被称为东川水，而在西面流淌的渭干河也被称为西川水。

好像敦煌的党河改变了水道，但夹在山与山之间的渭干河却未能变道，自古至今仍然流淌在同一个地方。然而，其流量是否不变则不得而知。近年建造了水库，这里的水位已经高于以前。

一千几百年前，虔诚的佛教徒开凿石窟时设计的石窟高度是根本不可能进水的。如今水库使水位升高，水能达到的高度也大大提高了。

1976年，渭干河的水位异常升高，许多石窟进水，文物也受到损害。

五窟延绵的讲经堂没有遭受河水泛滥之灾，即使灾了，因为也没有留下像样的壁画，所以实际上也不会有什么损失。第72窟之类的地方，几乎什么都没有，仅能隐约看到几分佛像背后光圈的余痕。

伍

玄奘在库车讲经说法只是传说，并没有文献方面的证据。《法师传》自然是以称赞玄奘为主的，但也没有涉及玄奘为大众说法之事，倒是传记中他与库车首屈一指的名僧木叉麴多辩论一事令人印象深刻。

玄奘信仰大乘佛教，不难想象，他与当时盛行小乘佛教的库车佛教界人士志趣不同。库车中也有几十名高昌国出身的信徒居住在城东南的寺庙里。玄奘滞留库车期间也住在那里。高昌国盛行大乘佛教，其信徒即使移居到库车好像也不会放弃大乘佛教。

虽然同样追求解脱，但大乘佛教更加积极，且考虑的是拯救苍生；而小乘佛教则略显消极，追求个人救赎。

在宗教拥有巨大影响力的时代，宗教也是一种生活体系。同样是佛教，大乘佛教和小乘佛教的生活方式也有所不同。比如，库车王招待玄奘进餐，他却没有享用提供的食物，而是吃了其他东西。人家特地准备的食物，玄奘却不领情，这看起来仿佛缺乏教养。

食有三净，法师不受。

《法师传》中可见这样的记载。

所谓"三净"即"三种净肉"，指的是没有见、闻、疑三种污秽的肉。具体来说是指，第一，没有看见为了自己而杀死的动物肉；第二，没有听说为了自己而杀死的动物肉；第三，没有怀疑为了自己而杀死的动物肉。

小乘佛教容许吃这三种净肉，但大乘佛教禁吃一切肉食。

以自我救赎为中心的小乘佛教根据自己的主观想法，只要是没有见、闻、疑的污秽，即便是肉食也可以食用。大乘佛教则是舍弃了自我，持浓厚的利他主义立场，无论自己见、闻、疑与否，所有肉食都不可以食用。

玄奘选择住在高昌国人居住的寺庙里，食物问题可能也是一个很重要的原因。

身为库车城西北部阿耆理贰寺住持的木叉麴多也是小乘佛教信徒。他曾经留学印度20余载，研习过众多佛典，最擅长声明学——这是一门关于音韵和语法的学问。他对玄奘说:"库车国藏有大多数经典和注释书,又何必非得历经千辛万苦西行呢?"

"那么,有《瑜伽论》吗?"玄奘问道。这是大乘佛教的经典。

"为何要找这种书?真正的佛门弟子是不会学习那种东西的。"

这就是正面冲突了,青年玄奘果然还是有一些年轻气盛。他说:"学习《瑜伽论》正是我此次旅行的目的。您所举出名字的经典,我的国家也有,已经不足以为我所用了。"

接下来便是关于木叉毱多所举经典的争论,最终以玄奘胜出收场。此后这位库车高僧便开始刻意避开玄奘。

木叉毱多当过住持的寺庙在《大唐西域记》中即为阿奢理贰伽蓝。这座伽蓝的旧址,据推断可能位于库木吐喇千佛洞的对岸。法国东方学者伯希和在那里发现了大批文书。

玄奘曾在库木吐喇讲经说法这一传说,很有可能源自在对岸的寺庙与木叉毱多的论争,但不知何时被传为讲经。如果玄奘在库木吐喇讲经说法是事实,那就变成了在论敌的眼皮底下对大众说教了。

木叉毱多也并非从一开始便抱有敌意。他善意相劝,旅途太过艰苦,还是放弃为好。也许对小乘佛教的人来说，为了拯救苍生而冒死进行大动干戈的长途旅行实在令人费解。如前所述，宗教虽然是一种生活方式，但根本上来说也是思想体系，思维方式不同，价值观有差异也在所难免。

如今，玄奘与木叉毱多的争论虽然见于《法师传》，但在当地已不见流传。而当地好不容易流传下来的玄奘在库木吐喇说法一事反而在《法师传》中没有记载。说不定，在已经湮灭的库车佛教传说中也可能有"木叉毱多辩倒从长安而来的唐僧玄奘"这样截然不同的故事呢。

如前所述，玄奘访问库车时，那里已经信奉小乘佛教，但库车是否一直信奉小乘佛教则不得而知。在玄奘之前的两百多年前，被邀请到长安译经的天才僧人鸠摩罗什正是在克什米尔习得小乘佛教、又在喀什研习大乘佛教的人物。但是，他在长安翻译的几乎都是大乘佛教的经典，从译经的倾向也可以判断出他也是大乘佛教的信徒。

因为鸠摩罗什信奉大乘佛教，从而推测当时的库车是信仰大乘佛教之地，倒也不尽然。他当时被视作库车国宝，据说，吕光进攻库车正是为了得到他。他是大乘佛教信徒，那么从常识判断库车也应该是信奉大乘佛教之地，至少玄奘访问时不应该是纯粹的小乘佛教国家。

即使是同一块土地上的同一位居民,也有可能从大乘佛教改宗小乘佛教,甚至可能从佛教改信截然不同的伊斯兰教。人的心灵深处有着一股巨大的潜流,可以随时吸纳各种宗教。但是,它有一种令人困扰的特性,即一旦信奉了某宗教,便会拒绝其他宗教。

据记载,敦煌千佛洞的第一座石窟是前秦苻坚建元二年(366)由沙门乐僔所建,留下了建造的时间,但除此之外西域的各个石窟都缺乏这样的文字记录。创建年代只能通过建筑样式或其他线索来推断,因此众说纷纭。

据文物负责人张锡仑说,库木吐喇的最早的石窟建于4世纪到5世纪之间,如此一来与敦煌几乎是同一时期。佛教由西向东传播,按照这一先入为主的观念,便容易认为佛教的石窟寺院也是由西方传向东方。但是,事实未必如此。我与敦煌文物研究所的常书鸿先生谈过这个问题,他也认为各地几乎都是同一时期开始兴建石窟的。

据说库木吐喇最初的石窟是第46号窟。"去年(1978)以前,这里是不能进的。"张锡仑说道。第46号窟建在很高的地方,1978年建好阶梯之前因为太过危险而不能上去,因此这里是库木吐喇保存最为完好的地方。

这里保存完好可能还有其他原因。不可思议的是,这座石窟墙壁上绘制的佛陀菩萨图，不知道为什么都闭着眼睛。石窟的墙壁上，照例描绘着释迦前世故事"本生谭"，其中有修行中的菩萨为了盲人而将自己的眼睛施舍给他们的场景，这也是健驮逻国中"千生舍眼塔"的由来。为了纪念因施舍双眼而盲的菩萨，所以石窟中所有的佛像都闭着眼睛。

穹顶上画着月仙和日仙，其中还有共命鸟和风仙。正面是天宫伎乐图，有琵琶却无箜篌，这是一大特色。虽然保存完好，却和其他早期石窟一样，色彩的种类相对较少。

我们参观了各个时期的代表性石窟：第二期的第24窟、第三期的第43窟。时期越靠后，色彩越丰富起来，画法也更加细致。我们也看了第43窟旁边的第42窟，但那里面几乎什么都没有，只能隐约读出几个汉字题记：南无口殊口菩萨。

唐显庆三年（658），唐打败西突厥，同时附属于两国的库车并入唐的版图。这正好是玄奘离开此地30年之后。

即使刻有汉字，也不能完全肯定石窟是在并入唐之后建造的。唐在扩大其政治影响力之前，丝绸之路上的各地也因贸易而需要懂得汉语的人，传说中玄奘讲法的讲经堂中也刻有"法轮常在"之类的汉字。

但也有可能是在石窟内新雕刻上去的。汉字是象形文字，很适合作装饰。但从第43窟这样突出线条的画法及其样式可以看出是唐的风格，所以这是一座玄奘来访时尚未建造的石窟。

佛教确实是由西向东传播的，但是也有这种情况：东边的中国按照自己的风土发展起来的佛教艺术又千里迢迢地反传到了西域，我们可以把库木吐喇作为实例加以确认。

人心宽阔、水乳交融可能超出我们的想象。所以不存在什么只有中国人才能接受的艺术样式，只有日本人才能做到的传统技艺，或者只有印度人才能理解的思想，这些都只不过是当地人自我陶醉式的"选民意识"在起作用，只是其他地域的人们内心还尚未接触到它们罢了。虽然风土确有影响，但其并非什么不可跨越的壁垒。

行色匆匆赶往印度的玄奘，应该是相信这一原则的。正是为了让自己的心接触到西域风土，他才选择了以天竺为目的地。

陆

在库木吐喇前流过的渭干河上游约15千米处,有一处叫作克孜尔千佛洞的石窟群,规模要大于库木吐喇,现在发现236座石窟,是库木吐喇的两倍多。

20世纪初,德国的格伦威德尔和勒柯克等人及日本的大谷探险队都调查过库车地区的石窟寺院。我无意袒护日本人,但大谷探险队是日本佛教团体派遣的,队员也应该都是虔诚的佛教徒,其目的也是为了调查佛教传播的经过及佛教遗迹。与之相比,西方探险队只是出于对考古学和美术史的兴趣而展开调查。如前所述,他们不仅调查,还带走了雕像,剥下了壁画。

克孜尔的石窟和库木吐喇的一样,都曾遭到德国探险队的巨大破坏。按照科学调查的常识,揭下壁画之前至少要先拍摄一张原始的照片,而他们却连这一步都没有做,甚至就连剥下柏孜克里克壁画的施泰因也批评了德国探险队的这一做法。

德国探险队根据各个石窟的特征，分别将其命名为"孔雀洞""十六骑士洞"等。1953年中国给石窟编号的时候还是235窟，之后又发掘了一座石窟，但发掘后，在外面的空气进入石窟的一瞬间，雕像上的颜料便剥落了。据说在提出解决这一现象的方案之前，决定不再发掘新窟了。

渭干河在这一带被称为木扎提河，南边的山是却勒塔格山。东南方向有明屋依塔格山，意思是千佛洞山，在这座山上开凿出了延绵2千米的石窟。

我们在克孜尔参观时，觉得最古老的是第17窟。那里有一幅交趾菩萨图，用忍冬花图案绘制两层说法图，其上绘有大量菱形的框中画着本生谭。1962年在此调查的北京大学袁教授认为，这座石窟或许可以一直追溯到东汉末年。如果是这样，即为2世纪末到3世纪初所建。然而，千佛洞的管理人还是认为其应该是再过一个世纪之后，即4世纪的产物。

因为是在同一条河流的上游和下游，当地人将克孜尔称为上千佛洞，将库木吐喇称为下千佛洞。但是根据行政区划，库木吐喇属于库车县，克孜尔则属于拜城县。

他们分工十分明显，与我们同行的库车县文物管理员张先生在这里一语不发，讲解工作全部交给了拜城县的人。我们参观的石窟之中，第8窟、第27窟属南北朝时期，第77窟及第167窟则属于唐代石窟。虽说是唐代，但只是指时期，克孜尔的壁画终归还是库车风格，并不像库木吐喇明显带有唐朝风格。唐朝风格的倒流没有回溯到渭干河。

玄奘的《大唐西域记》中记载，库车有"迦蓝百余，僧徒五千余"。石窟寺也应当包含其中，但玄奘是否去了克孜尔则不得而知。就库木吐喇而言，其对面是木叉麴多所在的寺庙，因为玄奘到寺中与其论争，所以他不应该路过石窟寺而不入。虽然没有关于克孜尔的记录，但即便是小乘佛教的寺庙，作为虔诚佛教徒的玄奘也不应该不去造访。为了等待天山冰雪融化，玄奘在库车停留了60日之久，时间是足够的。

我们并未沿渭干河逆流而行，而是从其他路线前往克孜尔。从库车乘小型巴士需要3小时左右。最后小型巴士无法开下河谷路段，我们换乘了吉普车。如同源义经[1]从一之谷的悬崖上冲下一般，我们沿着断崖绝壁的石子路向下开，场面惊险刺激。

我们通过的这条险路，若是玄奘在此经过，单程应该要

1　源义经（1159—1189），日本平安时代末期名将，其生涯富有传奇与悲剧色彩，是日本人爱戴的传统英雄之一。

花上3天之久。虽然要视当时渭干河水量而定，但玄奘乘舟逆流而上的可能性很大。

但是，克孜尔如库木吐喇一样，并未留下玄奘说法的传说。有不少传说是在之后附会上去的。

我与新疆维吾尔自治区外事办主任阿卜杜拉·来依姆是1973年以来的老相识，他就出生在克孜尔千佛洞附近。不必说，他是信仰伊斯兰教的维吾尔族人。他在乌鲁木齐向我们介绍了他儿时从大人那里听到的克孜尔千佛洞的故事。他说，佛教时代的某位库车王对向自己女儿求婚的青年说，若是他能造出千佛洞便答应这门亲事。那位青年拼命建造，但最终只造出了999座。这种刁难求婚者的故事与日本的民间传说辉夜姬[1]很相似，另一个类似的故事——日本武将武藏坊弁庆"刀狩"[2]——也很有趣。

克孜尔没有受到来自东边逆流的影响。常书鸿先生也认为克孜尔比敦煌更加接近巴米扬。那里有一种所谓

1　日本古老的文学著作《竹取物语》中的主角。传说，她设置了很多挑战来挑选自己的意中人。
2　武藏坊弁庆（1155—1189），平安时代著名僧兵，是源义经的家臣。传说，他曾进行"刀狩"，即与武士比武夺刀，在收集了999把刀后败给源义经，继而成为其家臣。

"Laternen Decke"[1]风格的天花板,是从四面向上搭起来的立体形状。据常书鸿先生说,那里曾悬挂着灯笼。

第27窟舞女的手势怎么看都是印度风格,排成一长列的小佛龛也是库木吐喇所见不到的。

第77窟虽然是唐代的作品,但与巴米扬一样,如在石窟前立着巨大佛像,如今只剩脚踝部分,因被砂土掩埋而留存下来。

唐灭西突厥并将库车纳入势力范围是在唐高宗显庆三年(658),这一年玄奘57岁,仍然健在,居住在长安。后来空海等日本留学僧求学的西明寺正是在这一年建造的。

因库车王后与宰相私通等原因,库车朝政十分混乱。唐攻打与西突厥勾结的库车大将,并将其诛杀。

如前所述,太宗时唐吞并高昌,并在交河城设置安西都护府。唐控制库车的这一年,又将安西都护府向西移至库车,此后库车便成了唐统治西域的基地,交河城的旧都护府改为西州都督府。玄奘应该听说了唐的势力扩张到西域的消息,也许在长安静静地回想着30年前曾经游历过的库车。

汉武帝时西域各国臣服,汉在那里设置了校尉和都护,

---

1 德语,意为"灯笼天花板"。

作为当地的监督官,这是公元前的事了。西汉的西域都护府设置在距离库车以东很远的轮台县乌垒城。

东汉灭亡、王莽当政的年代,西域各国掀起叛乱。叛乱起因其实十分可笑。注重形式主义的王莽认为,野蛮的西域部落酋长称王是一种僭越行为,便把他们降为诸侯。叛乱的西域各国自然被突厥收于麾下。

直到东汉永平十六年(73)明帝才首次击败匈奴,收复西域;第二年再次派遣都护及校尉诸官。但是第三年,明帝死后,继位的章帝又放弃了西域;再后来的和帝再次转向积极政策,任命班超为总司令远征西域。永元三年(91)平定西域的班超成为都护,自此在龟兹设立都护府。

当时修建的城墙还随处可见,当然都是土墙,原本高7米、宽7米,如今已经坍塌,高高低低地延绵约两百余米。如今已经作为"龟兹古城"被列为自治区级的重要文物保护单位。[1] 而克孜尔和库木吐喇的石窟都是全国重点文物保护单位,也就是国宝。这座城池的遗迹是省级重要文化遗产。

龟兹古城附近有一座称为"库车大寺"的清真寺,那里被指定为县级重要文物保护单位。这座能容纳3000人的清

1　2013年3月国务院公布龟兹古城为第七批全国重点文物保护单位。

真寺历史颇为悠久,1918年曾因失火被烧毁,1927年复原重建。要是没有这次火灾,应该能被指定为更高一级的重要文化遗产。

有一件有趣的事:克孜尔石窟天花板的设计与这座库车大寺的天花板十分相似。这种现象似乎表明,即使由佛教改宗伊斯兰教,居民的审美意识和创作原理仍未改变。

我们站在龟兹古城上,久久地极目远望,那里如今都是成片的高粱地,旁边有公路穿过。城墙虽然被这条路隔断,但又在其对面延续。

玄奘造访时此处还是都城,如今从库车驾车大概15分钟左右的车程,不算太远。

"请看那里,那边的小树林左侧有一些隆起的地方,是不是还都连在一起。"张锡仑说道。我们向那里望去,确实那里有着一些土包,断断续续地,可以认出来。张先生严肃地说道:"那里就是内城的城墙。"

其城三重。

《晋书》中可见这样的记载。除了外城和内城,另外一个应该是王城的城墙。确实是一座戒备森严的都城。《晋书》的龟兹条目中又写道:

> 王宫壮丽,焕若神居。

"焕"指闪耀着光芒,也就是说这里如同神仙居住的地方一般。

玄奘的《大唐西域记》未记载西域各国的人口,但列举了僧徒人数,据此可大致推断出该国的规模。库车有僧徒5000人,这与西域南道最大的和田相同。僧众更多的是喀什,有1万余人。可见,库车确实是当时西域屈指可数的强国。

柒

据说,库车王姓"白"。不仅是王族,这里的人按照汉族风俗起姓时,多用"白"或"帛"。与和田人姓"尉迟"、喀什人姓"裴"、撒马尔罕人姓"康"是一个道理。隋唐之际,以音乐家身份在长安宫廷做官的白明达应该也是出身库车。

唐建国时,库车王也派来了使节。根据《新唐书》,此时国王名为"苏伐勃驶",不久后去世了,其子"苏伐叠"即位,玄奘访问时的库车王应该就是此人。玄奘离开此地的两年后,库车向唐进贡了马匹。

玄奘在《大唐西域记》中记载,库车王智谋不足,受强大的臣子压制。30年后被并入唐的版图时,苏伐叠已经去世,其弟诃黎布失毕成为国王。

按冯承钧考证,"苏伐勃驶"本为"Suvanarna·puspa"(金花),诃黎布失毕则为"Hari·puspa"(狮子花)。

据说，经常在人名中使用的这个"puspa"，其读音转写为"白"（bai或bo）。

根据《新唐书》，在库车有断发的风俗，只有国王不剪发。而且，还有孩子出生时用木片压着头顶令头型扁平的奇风异俗。这些在《大唐西域记》中都有记载，或许欧阳修等人编辑《新唐书》时，有关西域的内容也参考了玄奘的著书。

将头顶人为压扁的风俗，玄奘在喀什的时候也有所记录。但是，观看库车附近的壁画或者雕塑，并没有看到这种迹象。因此，对长久以来关于古城是否真的有这样的奇俗，一直存有疑问。但是，1978年在距离库车东北20千米的苏巴什古城发现了一座古墓，棺内尸骸的头骨明显被人为地前后压扁了。北京的科研人员对棺椁做了科学调查，结果发现，其骸骨距今已经1500多年了，玄奘的记述终于得到了证明。

帕米尔也有一个地方叫苏巴什，建在4800米的山顶上，本意是"水源"，所以同名的地方还有很多。

苏巴什古城是自治区级的重要文化保护单位，据说建于魏晋时期，也就是3世纪左右。虽然确实拥有1500年以上的历史，但现在地上剩下的除了随处可见的土城墙遗迹，就只有寺院的遗迹了。

那里有一条被称为东川水的库车河流过，遗迹横跨这条河的两岸。发掘出畸形头骨的古墓在苏巴什古城河西处的某座塔下，那座塔是整个河西河东最高的建筑物，塔上还隐约残留着彩色壁画的痕迹。我们前去参观时那里正在进行保护和修缮工作。

佛塔之下为何会有墓地呢？墓主人是捐赠这座塔的人，还是寺院的住持？亦或是为了奠基而被当作人柱[1]？究竟是先建的墓地再在上面盖塔，还是反过来的呢？已经半塌的苏巴什古塔只是静静地矗立在晴空之中，没有向我们诉说任何事情。

我们拜访苏巴什故城是在10月，若是8月来到河西的话，可以参观上述那座古塔和其下的古墓，却不能前往河东。因为此时库车河水位升高，又没有桥梁，驾车渡河十分困难。而在水位低的10月前来拜访，我们得以乘坐迷你巴士横渡河流，前往河东。然而归途中，巴士在河水正中间抛锚，我们靠着同行的吉普车用绳子牵引，才好不容易上了岸。

河东也只有寺院遗迹，与河西大同小异，但塔顶多为拱形。两岸都有城墙，所以这里确实曾经是"城"。城一般是

---

[1] 指在架桥、修堤、筑城时，为祈求工程完成或者神灵庇佑而将活人作牺牲埋在水底或者地下，亦指被这样活埋的人。

以宫殿或政府为中心,但这里是以寺院为中心。

从形状判断,苏巴什古城基本可以确定为玄奘的《大唐西域记》中记载的昭怙厘。据玄奘记载,有两座伽蓝被河流隔开,分别称为东昭怙厘和西昭怙厘。昭怙厘与"雀梨"和"雀离"一样,是表示"寺院"的吐火罗语"chakri"的音译。

玄奘极力赞美了两座伽蓝的壮美,并对僧众严格持戒、精研佛法感到钦佩。可以想象,苏巴什古城是一座被城墙包围的大伽蓝。城内虽然也有民宅,但应该是寺庙工匠或者为寺院供应粮食、衣物或者佛具之类的人居住。虽然这座"城"也是城市,但并不是政治或者军事城市,而应当是一座宗教城市。

《大唐西域记》中除了玄奘亲自访问过的地方,还有他听说的部分。但是苏巴什古城距离库车城并不遥远,又是一座宗教都市,玄奘不可能不去走访。他震惊于其壮美,感佩其僧人的持戒与精进,正说明他是用自己的眼睛确认过的。此外,他又详细描述了在河东的伽蓝见到的佛足石。这块形如蛤蟆的黄白玉,大小2尺有余,佛足则长约1尺8寸,宽6寸有余。若非亲眼所见,不可能描写得如此详细。

如今这一切只能依稀可见。那座河西最高处的佛塔上玄奘看过的壁画，一定也曾炫彩夺目。

无疑，这座苏巴什古城废弃的原因与其他城镇有所不同。其他城镇多为自然老化，水道变更或者是政治、军事等原因致使居民搬离，但苏巴什古城应该是在当地伊斯兰化之后遭到废弃的，这是宗教都市的命运。苏巴什古城与佛教石窟寺院的荒废应当在同一时期。

在库车还有几座比库木吐喇和克孜尔规模小的千佛洞，我们访问了其中最具代表性的克孜尔奈哈千佛洞。这里也离库车县城不远，有46座石窟，但有壁画的只有11座。即便如此，这里也可以看到龟兹文字，以及描画了古代库车人水上生活状况的龙舟图。

这一地名来源于千佛洞附近矗立着的一座巨大烽火台。这座烽火台据说建于西汉时期，是公元前的建筑。克孜尔是"女儿"之意，而奈哈是"停留之处"。据说，从前有这样一个悲惨的故事：此地的国王让占卜师为自己的女儿占卜命运，得知她会被毒蝎蛰死，于是国王便建造了一座毒蝎无法到达的高塔把女儿关在上面，这座高塔就是克孜尔奈哈。但是，送上去的水果中混入了一只毒蝎，公主最终还是因毒蝎而死。

捌

为何要开凿石窟呢？

地面上也建造了壮丽的礼拜堂，但地面上的东西不知何时便会毁灭，也许出于这个考虑才在悬崖上掘出横向的洞穴，觉得如此便能永久保存。上面有山，下面有河，这对石窟起到了很好的保护作用。

在敦煌和克孜尔的千佛洞，我并未强烈地感受到石窟的不灭性。敦煌千佛洞所在的鸣沙山是质地脆弱的砾岩，容易受到风沙侵蚀，因此无法制作石佛，只能造好雕像再运进山中。

访问印度的埃洛拉石窟和阿旃陀石窟时，我才第一次明白人们为何能感受到石窟的不灭性。石窟开凿在看上去十分坚固的玄武岩山体上，让人确实能感觉到即使地面上的一切都毁灭，这里也会保留下来。

玄奘要是经过阿旃陀石窟的话，应该是在唐贞观十二年（638），正值他37岁，那里是摩诃剌陀国的领地。《法师传》仅记载"迦蓝百余所，僧徒五千余人，大小乘兼习"，并未涉及石窟寺。但是，在《大唐西域记》中则清晰地记载："高堂邃宇，疏崖枕峰，重阁层台，背岩面壑。"这肯定是石窟群，不会是其他建筑。但是，需要留意的是，玄奘还进一步描述了伽蓝的大精舍高百余尺，其中佛像也有70余尺，顶上的七重石伞盖与虚空相接。但是阿旃陀石窟中并没有那样巨大的佛像。第16窟的佛陀倚坐像是阿旃陀石窟最大的佛像，其高度也只是稍高于4米。至于七重石伞盖，感觉更像在第19窟的佛塔之上垒砌起来的东西。

由此可见，玄奘可能没有去过阿旃陀石窟的说法更有说服力。《法师传》中提到他到过那个国家，但《法师传》并非他亲自所写。另外，即便是去了摩诃剌陀国，但该国国土辽阔，玄奘也有可能没去过阿旃陀石窟。《大唐西域记》只是一种地方志，也有不少对传闻的记述。

要说佛教遗迹，如今附近也只有阿旃陀石窟了。埃洛拉石窟中除了佛寺还混杂着印度教和耆那教的寺院。玄奘到达时，印度佛教尚在，地面上也应建有很多佛教寺院。可能玄奘只是浏览了地上的伽蓝，而关于阿旃陀石窟是听别人说的。

在印度佛教兴盛时期，阿旃陀石窟对玄奘来说并没有那么重要。阿旃陀石窟的使命可能在于佛教在那个国家灭亡、地上的伽蓝均被破坏之后，依旧展现着其曾经的风貌。建造它的那些信徒的心灵深处应该一直坚信它不灭吧。

按照现在的行政区划，阿旃陀石窟位于马哈拉施特拉邦北部，大小不一的29座石窟建造在果瓦拉河U字型弯处的断崖上。果然，在石窟寺起源地印度，它也与河流连在一起。

据说，最古老的石窟是被推定为公元前1世纪建造的第10窟，而早期的石窟大多建于1世纪。隔了一段时间后，5世纪下半叶到7世纪上半叶开始第二轮建造，之后没有再建。玄奘访问的时候，阿旃陀石窟应该刚刚建成。

离阿旃陀石窟最近的都市是奥郎加巴德，因为莫卧儿帝国第6代皇帝奥朗则布（1618—1707）在皇子时代曾任德干总督，驻守此地，于是将原名"法泰赫纳加尔"改成了"奥郎加巴德"。

奥朗则布是一位听到父亲病重后便立即与兄弟争夺皇位的人，他胜利之后杀掉了自己的三个兄弟。而讽刺的是，此时他的父亲沙贾汗却已经痊愈，奥朗则布便把父亲幽禁在阿格拉城中。

原本继承皇位的应该是他的长兄达拉·希科。达拉一直陪伴在父皇身边,也就是在为登基作准备。为何奥朗则布要强夺皇位呢?当然,皇帝的宝座本来就是冒死也想得到的东西,而莫卧儿王朝的皇位则一直是通过血腥的争夺,最终落入胜者手中的,输掉就可能会被胜者杀掉。但是,奥朗则布还有更重要的理由。

他的长兄达拉对印度教很感兴趣,热衷于将其教典翻译成波斯语(莫卧儿王朝的通用语是波斯语)。而奥朗则布信奉伊斯兰教。

甚至他的父亲给奥朗则布起了一个外号"namazi"(祈祷者),可见他是一位非常虔诚的穆斯林。他的信仰过于狂热,由此生出了使命感。

"将印度全境伊斯兰化,正是伊斯兰帝国莫卧儿王朝被神赋予的使命。"

奥朗则布坚信这一点。在他看来,研究《奥义书》(古印度经典)并对其他宗教持宽容态度的兄长无疑是异端,绝不能把伊斯兰帝国的皇帝宝座让给一个异端。他肯定是钻了这个牛角尖。

奥朗则布杀掉兄弟、幽禁父亲,即位时才40岁,直到90岁高龄去世,在位50年。在此期间他始终在镇压异教徒。

有镇压即有反抗，而反抗又进一步发展为叛乱。他在位的50年间，他一直在制造敌人，又接着讨伐自己制造出的敌人。连年战乱使人民疲敝，国家财政也濒临破产，皇室日益丧失公信力。他继承的这个庞大的帝国，在交给继任者时已经风雨飘摇。

奥朗则布死后莫卧儿王朝苟延残喘。可以说，他的狂热信仰是王朝灭亡的直接原因。要是他没有让这个王朝一蹶不振，王朝也不会那么轻易地被英国毁灭。

在莫卧儿王朝的土地上，奥朗则布不允许存在异教的神明或者放置神明塑像的异教徒寺院，并将其毁灭殆尽。比如他毁掉了印度教圣地马图拉寺院，将其材料用作建造清真寺。这一事件引起了贾特人的反抗。

实际上，在玄奘离去的不到一个世纪内，印度佛教便开始急速衰退。没有人守护佛教遗迹，任其荒废。印度博物馆中的无首佛像，都是奥朗则布下令破坏的。

佛教衰落后，阿旃陀石窟也遭遗弃。河岸野草丛生，遮掩了石窟，使其在奥朗则布的时代侥幸保存下来。1819年，在此狩猎的英国军官发现了石窟。

建造阿旃陀石窟的人们恐怕从未想过会出现奥朗则布这样的破坏者。地上建筑的命运，也让人不禁隐隐感到世事的凄凉与虚无。

追求不灭和永恒的心情,虽然他们自身并未察觉,但也应深藏于心中。心灵深处的东西超越了民族、语言和国境,为许多人所共有。

摩诃剌陀的首都有孟买市东北的卡扬说和纳西克等说法。纳西克到阿旃陀石窟的直线距离有200多千米,卡扬则更加遥远。敦煌的千佛洞距离敦煌城镇有20千米,柏孜克里克距离高昌城也差不多是相同的距离。库木吐喇、克孜尔也距离库车城很远。这可能是考虑到祈求不灭与永恒的对象不能距离都城或政治中心太近。

阿旃陀石窟的壁画十分精美,特别是第1窟和第17窟堪称双璧。但很不巧,我访问时正赶上第17窟维修而无法参观。第1窟的壁画中多以本生谭、降魔图、舍卫城大神变图及其他佛教故事为主题,后廊左边的莲花手观音像更是格外有名,以至于必定会用在观光海报上。而天花板上的绘画宗教色彩则淡了许多,多是波斯使节会餐图等搭配着植物和动物等的设计。

"这个是棚顶的那头大象。"

在我用手电筒照射窟顶的大象图案时,同行的观光局库马尔先生从口袋中拿出自己的名片给我看。阿旃陀石窟第1窟窟顶的大象是印度观光局的标志,在那里工作的库马尔先生的名片上也印有这一标志。

我认为玄奘没有到过这里,这里距离首都200千米,应该没有纳入他的行程。《大唐西域记》描述墙上有"雕镂",但丝毫没有提及壁画的事情。玄奘要是到过这里,一定会被精美的壁画所吸引。

早期的石窟中没有佛像,1世纪左右佛教没有制作佛像的习惯,毋宁说人们认为佛陀的形象是不可制作的。人们相信口说观佛三昧,念及于心,佛陀的形象自然会显现出来。所以在早期的石窟中,礼拜的对象只有塔。说起塔,我们会立即想到野外矗立的那些建筑,但像这样的石窟中也建有塔。

最古老的第10窟前方后圆,纵深约30米,高20米,宽12.5米。佛塔在靠近里面的地方,可以绕到塔的后方。

过一段时期,佛像出现了,一般放置在佛塔前或者收纳在佛龛之中。

我们打着探寻敦煌和克孜尔等千佛洞源流的旗号来到这里,但对于我这样的业余人士来说,自然无法弄清楚详细情况。

阿旃陀石窟中的佛塔称为"chaitya",克孜尔中有中心柱的佛窟也有一个名字叫"支提窟","支提"显然是"chaitya"的音译。

克孜尔将禅窟和僧窟统称为毗珂罗窟,这也是印度僧窟"vihara"的音译。

最初将这些石窟与中国的石窟相比,觉得风格迥异,但不久便发现了种种共同之处,觉得很亲切,心情也愉悦起来。

玖

追寻石窟寺的源头一直追溯到印度,话题也岔到了阿旃陀石窟,现在我们再次回到库车。

玄奘在库车停留60余日后又开始了印度之旅。库车王也亲自送到城外,并提供了骆驼、马和人手等。虽然也是仁至义尽,但没有如高昌国王一般恸哭的场景。

玄奘经过跋禄伽国到达凌山。翻越凌山后,来到苏联的伊塞克湖南部[1]。虽然玄奘将这里记述为葱岭北原,但现在是天山山脉。当时"葱岭"一词,其范围比我们今天理解的帕米尔高原要广得多。

伯希和认为跋禄伽国就是今天的阿克苏。虽然也有其他不同的说法,但不管从何处北上,翻越这座天山都是玄奘印

---

[1] 今吉尔吉斯斯坦境内。

度之行的最大难关。

这里已经无法乘坐骆驼或马通过，短短的距离我们也得驾车行驶，玄奘的辛苦可见一斑。我们从库车出发，目的地是一个叫大龙池的地方。玄奘也在《大唐西域记》中记录了大龙池，但要是把跋禄伽国视为阿克苏的话，方向就反了。玄奘应该没有去过大龙池，这一记录又是听别人说的。

我们行走在山中的险路上，乘坐小型巴士单程花了5个半小时才到达大龙池。我们深深感受到在这里旅行是多么不容易。

"这是我第一次带外国客人到大龙池，真是受够了，今后再也不带客人来这里了。"同行的阿克苏地区和库车县的人小声说道。虽说如此，从库车到大龙池好歹有一条能通车的道路，比玄奘时代要好走得多。

这里有座山，山上明明没有一根草，却整体呈绿色。紧靠着它的一座山都是岩石块，但岩石表面呈现出鲜艳的红色。这里的矿藏资源一定很丰富。我们看到了规模不大的露天采煤场。在路上有人要求我们停车等候15分钟左右，因为附近正在进行爆破，必须等到爆破结束才能通过。我感觉一下子就从《西游记》的魔幻世界被带到了科学世界。

玄奘一行离开库车两日后，遭遇了两千余骑突厥盗贼。

幸亏他们事后分配战利品时起了争执，随后自行解散。

即便等到大雪停后才翻越天山，仍有许多人冻死、饿死，牛马也损失了不少。

> 殍冻者十有三四。

《法师传》中这样记载。但究竟是十三四人还是十个人中有三四人，意见出现了分歧。但无论如何，牺牲者不在少数。

"我是为了什么呢？"可能玄奘会不禁思考这个问题。为什么必须进行这样的旅行呢？

在玄奘之后约一个世纪，同为唐朝僧侣的鉴真，受邀决意东渡日本时说道：

> 为是法事也，何惜生命？诸人不去，我即去耳！

玄奘或许也会做出相同的回答。

这难道不是玄奘所信仰的唯识论的命运吗？远望皑皑白雪覆盖的天山，走在剧烈颠簸的路上，我在前往大龙池的车里不禁如此想到。

唯识论试图解明人的内心，并且其前提是除了人的心识作用之外，没有任何真实存在。为了贯彻这一信仰，必须对万事万物进行检验。A也好，B也好，C也好……为了使一切都是心识作用这一前提不可动摇，必须积攒经验。

驱使玄奘私自出国的理由，难道不正是他对未知的庞大经验的期待吗？这些经验在前方如同初雪一样等待他的到来。

不光是亲自观看，玄奘也在四处打听。他实际上并未见到大龙池，但也为我们详细地描绘了一番。

我在现场向张锡仑询问了在大龙池居住的龙与母马生出龙驹的故事，这也是由玄奘在《大唐西域记》中记载而流传下来的故事。据说龙驹难以驯化，只有龙驹的后代才能驯服驾驭。

还有一个传说，化为人形的龙与来到水池边取水的女人相会，令她们怀孕生子，这便是龙人。这种龙人，比马跑得还要快，剽悍勇猛，不服从国王的命令。国王一筹莫展，最终引入突厥兵，将龙池城的人不分男女老少全部杀死。

大龙池的水十分澄澈，透过令人心神愉悦的碧蓝池水可以清晰看到水藻在轻轻摇曳。

现在这一带已经成了吉尔吉斯族的居住地。我们遇到了几个扛着枪、令人稍感危险的骑马人。他们并不是龙人的后裔，而是要去打猎的吉尔吉斯族大叔。

在看惯了纯种马（thoroughbred）的人看来，在那附近吃草的马，确实显得有一点粗肥、笨拙，但载了人之后，又意外地迅速。这里所有人都会骑马，不仅是游牧民，汉族人也是如此。同行的阿克苏地区外事科郭坚先生策马扬鞭的样子像是一幅画。

我们住进大龙池的吉尔吉斯族民宿，主人为我们提供了羊肉和马奶茶等食品，是一顿有野味风情的大餐。

大龙池在山中海拔3000米的地方，虽然别人提醒我要多穿衣服，但那里没有想象中的那么冷。

玄奘应该从那里的某处翻越了高山，见到西突厥的可汗，并将高昌国国王委托的礼物转交给他。因为是游牧民族，王宫也就是一顶帐篷，但帐篷装饰着金花，美得令人眩目。

那里有不一样的生活和文明，以及不一样的美，玄奘也试着去验证这些都不是真实的存在，不过是心中的映像罢了。将理所应当的事情一件一件去印证，可谓正是他的天竺之旅，他也心存这种印证的快乐。

有时候，我也觉得心中有与玄奘相同的快乐，但又觉得太过狂妄，便迅速打消了。

西突厥可汗的宴会可谓奢华，他为在场所有人准备了鲜嫩的牛羊肉。但是，为出家人玄奘呈上的是"净食"。净食中有饼饭、酥乳（酸奶？）、石蜜（冰糖）和喇蜜（？）等，还有葡萄和葡萄汁。但是，这不禁让人担心艰苦旅行所必需的能量是如何获得的，不过这可能只是俗人的担心罢了。

突厥曾经分裂为东西两支。玄奘见到的当然是西突厥可汗了。据《新唐书》记载，西突厥在龟兹以北的三弥山建立了政权。虽然不知这座三弥山在何处，但一定是在库车北边的天山山脉的某处。清代的地方志认为唐代的三弥山就是汗腾格里山（海拔6995米）。西突厥虽然建立了政权，但因为是游牧民族，大帐应该是经常移动的。

可以推定，玄奘访问西突厥是在唐贞观二年（628）的上半年。

前面在考证玄奘出发年代时提过，这一年西突厥发生了政变，发生了人称有勇有谋的统叶护可汗被叔父所杀的事件。

统叶护可汗颇为自负，觉得自己无所不能，对下也采取高压政策，从未施加恩惠。因此，有许多部下反叛，实在不得人心。于是"诸父"（父亲的兄弟）中的莫贺咄将其杀死，自立为王，但他并非人心所向。有人拥立逃往康居的统叶护可汗之子,西突厥进一步分裂。

虽然知道异变发生在这一年,但具体发生在哪一月却不得而知。根据《法师传》记载,招待玄奘的是统叶护可汗,那时应该正是风暴的前夜。

离开西突厥的大帐,玄奘又经过了塔什干、撒马尔罕等中亚城镇。《大唐西域记》对这一带的国家描述得极为简略,可能因为它们并不信仰佛教吧。那些居民多为拜火教徒,还有一部分摩尼教徒。撒马尔罕有两座废弃的寺庙,留有佛教的痕迹。与玄奘同行的两位出家人想要前去参拜,却被当地居民拿着火把赶了出来。出家人逃回去后,向国王报告了此事。

"好。抓住暴徒,砍掉他们的手。"

眼看着要处刑,玄奘不想发生这样野蛮的事,便劝说国王,于是换成了鞭刑。

玄奘一行虽然得以在风暴之前离开西突厥的大本营,但从撒马尔罕进入活国时则被卷入了风暴的中心。现推定活国在今阿富汗东北部的昆都士地区,西突厥可汗的长子呾设度曾在这里担任太守,并创立了一个小王国。高昌国国王的妹妹嫁给了这位太守,玄奘当然也把国王的亲笔信带去了。

但此时太守妻子已经去世,太守自己也卧病在床,他又娶了一位年轻的妻子。高昌国国王妹妹的孩子年纪尚小，但因为是一夫多妻制，太守与其他女人生的孩子中已有人成年。成年的孩子与其父亲年轻的妻子私通，竟毒杀了父亲，自立为太守。

玄奘在此停留时发生了这般骇人听闻的事件。西突厥是为了争夺汗位，叔父杀掉外甥，而活国则是逆子弑父。匈奴和突厥有一个沿袭已久的风俗，即父亲死后儿子可以将除自己生母外的生父妻妾纳入自己的后宫。

玄奘在《大唐西域记》中是这样评价活国的：风俗淳朴，但民风强悍。

在安稳的农耕国家印度诞生的佛教，经过剽悍的游牧民所在的西域，传入了同为农耕国家的中国。传播的过程中，佛教是否发生了变化？玄奘等人所学的佛法之中，很难说没有变质的部分。玄奘之所以要走这条道路，是因为他想按照唯识论的理论构想，将自身置于历经佛教变迁的风土之中。

拾

印度在中国文献中最早出现于《史记·大宛传》中，国名为"身毒"。印度流域被称为"Sindhu"，"身毒"自然为其音译。《后汉书·西域传》中又变为"天竺"。此外还有"申毒""辛头""天毒""天笃"等种种称法。

关于"天竺"这一名称，有一种说法认为"竺"是"天笃"的"笃"的简写，但目前尚无定论。但是，从中国看印度，是需要翻越流沙和雪山的遥远之处，所以"天"字与这一印象完全一致，因此不仅是中国，日本也爱用"天竺"这一称法。

玄奘从活国经过巴米扬和犍陀罗，终于进入了天竺，按照现在的地名来说即通过了阿富汗和巴基斯坦。当时印度与巴基斯坦的国境附近有一国叫至那仆底。印度将中国称为"Chin"，即"秦"帝国的音译，也是英文China的词源，日本曾经使用的"支那"也出自佛典。无论"至那"还是"支那",都是从同一发音转写过来的名字。

传说,贵霜王朝的迦腻色伽王[1]从中国国王那里获得人质,让他们居住在那里。至那仆底的意思是"中国人的领土"。迦腻色伽王时代的中国正值东汉时期,班超远征西域,没有必要将皇子送给印度作人质。据《后汉书》记载,疏勒王曾向大月氏献出质子,所以这可能是喀什地方政权的首领向贵霜王朝表达忠心的措施。

在印度看来,帕米尔的对面都是"至那"。虽然此事发生在玄奘访问的500年前,但当地居民仍指着玄奘说道:"您是我们先王的同胞。"

这里有一位名叫毗腻多钵腊婆[2]的北印度王族,是学识高深之人,据说玄奘停留了一年多,跟随其学习。

该国东北方向有一国叫阇烂达罗国,这里也有一位名叫旃达罗伐摩[3]的高僧,玄奘又在这里停留4个月,接受其教诲。

令玄奘心驰神往的,肯定是佛教圈的最高学府那烂陀寺,但是他还太年轻,在前往佛教世界俊才云集的那烂陀之

---

1 生卒年不详,但一般认为生活在1世纪或者2世纪前后。——译者注
2 Vinītaprabha,又译作调伏光。
3 Candravarman,又译作月胄。

前，必须提高自己的水平。所以，每经一地只要遇到良师，他便会留在那里尽可能地吸收知识。

玄奘又经过屈露多、设多图卢、波里夜咀罗等国到达了秣兔罗国，该国在今摩特拉市，是从阿格拉到新德里途中的一个中型都市，与犍陀罗并称为佛教艺术的两大中心。前面提到的迦腻色伽王的雕像就收藏在此地的博物馆里，但该雕像没有头部。

摩特拉于17世纪被莫卧儿皇帝奥朗则布大肆破坏。佛教、印度教和耆那教的神明的塑像都在该地的博物馆中陈列着，展出的是还算比较完整的文物，受损严重的应该被保存在藏品库里了。

与犍陀罗的佛像深受希腊文化影响相比，摩特拉的雕像（此地也是耆那教的中心，所以不局限于佛像）都是纯印度式的，女性雕像甚至多性感妩媚。

摩特拉市的公园里摆放着一台战车。看到这台战车，我不禁联想到奥朗则布。在宗教都市摩特拉的公园里，这实在是一件让人觉得格格不入的纪念品。

玄奘天竺之旅的目的，除了学习与取经，还有在佛迹朝圣。

舍卫城中，富商须达为释迦牟尼和弟子们建造了祇园精舍。但是，玄奘拜访时祇园精舍已经荒废，印度佛教开始式微。

释迦牟尼的故乡劫比罗伐窣堵城也成了一片废墟。早于玄奘200年访问此地的法显也记载了其荒芜的样子。法显说，5世纪初这里已经没有居民，成了大象和狮子出没的危险地带。

这个时期的印度，佛教虽然仍未衰退，但正在被佛教信徒所说的"外道"——印度教所取代。受益于印度最伟大的国王戒日王的保护，佛教才得以在大厦将倾之时苦苦支撑。笈多王朝没落后，正是这位国王将四分五裂的印度，除南印度外几乎全境统一。他获得了戒日王的称号，是一位虔诚的佛教徒。但是，无论多么强大的君主，都无法凭借一己之力左右一个宗教。奥朗则布曾试图毁灭印度教，将印度变为伊斯兰教国家，最终以失败告终。同样，戒日王也无法一直维持佛教的兴盛。

玄奘是否也领悟到这一点呢？看到释迦牟尼的故乡和祇园精舍荒废的样子，千里迢迢从长安来访的玄奘不可能没有感慨。

佛迹中最重要的就是释迦牟尼开悟之地，即菩提伽耶菩提树下的金刚座之上。这个金刚座据传与大地同时生出，处于三千大世界之中，不管发生怎样的大地震都纹丝不动。据说，不仅释迦牟尼，洪荒开辟以来无数的佛陀都是在这个金刚座上开悟的，释迦牟尼仅是其中一人。

菩提树多次遭到憎恶佛法之徒的砍伐，还曾被火焚烧。虽然法显与玄奘只间隔200年，但二人所见菩提树已经不是同一棵树。玄奘来访的约半世纪前，身为湿婆崇拜者的孟加拉国王设赏迦王将树砍倒，因为树根怎么都挖不干净，便放火焚烧，又撒上甘蔗汁试图使其腐化。即便如此，金刚座旁的菩提树还是再次发芽、重现生机。菩提树也有被暴风雨吹倒的时候，但每次它都坚强复活。

然而，玄奘访问时菩提树下的金刚座已经埋在砂土之中，无法看见。比他早200年来到的法显记述了他所看到的情形：

石可广长六尺，高二尺许。

金刚座的南北两端原本有朝东安置的观音像，玄奘到来时南边的观音像已经被土埋到胸口。玄奘在悲哀懊恼中伏地痛哭："为何我的业障如此深重？"

他也深深地感受到了佛法的式微。

为何明明佛教最高学术殿堂那烂陀寺近在咫尺，却没有保护佛迹呢？从佛教的根本思想来说，纪念物和遗迹等东西并不重要，建造佛像是在释迦牟尼圆寂百年之后。据推测，在释迦牟尼开悟的土地上建造佛塔、称其为菩提伽耶大塔，是6世纪的事情。法显说佛陀得道的土地上有僧迦蓝，应当并非现在的这座大塔。

将埋在地下数米的金刚座挖掘出来是近代考古学的工作。菩提伽耶大塔附近比路面要低得多，所以必须沿着石阶走下去。我在心中试着比较了玄奘所看到的半埋着的景象和眼下维修完好的观光景象。

释迦牟尼坐在金刚座上，不是在苦行，他已经超越了苦行阶段。根据传说，释迦牟尼在那里与诱惑他的恶魔交战。库车和阿旃陀石窟的寺院中，经常画着降魔变图，画师尤其着力描绘美女逼近释迦牟尼的场面。

当地人将大塔附近的尼连禅河称作Phalgu河，我们去的时候一滴水都没有。从那里向东走便是前正觉山，是释迦牟尼达到正觉（悟）之前修行的山，所以才如此称呼。它相当于《大唐西域记》中的钵罗笈菩提山。

山中有石室。我们穿过没有水的尼连禅河，脚陷入沙中，走到前正觉山的石室，花费了约一个半小时。我们又穿过几个村庄。比哈尔邦是印度较贫穷的地方，这一带土地尤为贫瘠，居民一贫如洗。狗不时地向着我们吠叫。

释迦牟尼在这一带修行了6年之久。此地人们的生活与释迦牟尼在世时相比应该没有什么变化,灵魂的救赎与生活水平的提高似乎完全没有关系。

前正觉山是一座如屏风一般的山。我们没有登到山顶,但看到了像是堡垒遗迹一样的石墙。为我们带路的是常先生说,要是走到山顶,山的另一面是如同被削过一般的陡峭绝壁。

相传山腰的石室是释迦牟尼修行的场所。我进入石室坐了一会儿。法显来过这里,玄奘也来过这里。他们也曾经像这样坐在石室中。他们一定追忆释迦牟尼的修行,心中百感交集。释迦牟尼曾在树林中苦行,在尼连禅河中沐浴,但那毕竟是在户外,对俗人来说已经无法感受到释迦牟尼的气息了。但在石室之中,能感受到周围依然充满着释迦牟尼的气息。

据说释迦牟尼在这个石室之中听到了来自净居天[1]的声音:"这里并不是开悟的地方。过去未来诸佛都是在离此不远的菩提树下的金刚座开悟的,到那里去吧。"

释迦牟尼听到后便要立即前往那里,但石室内的龙却频频劝阻,于是释迦牟尼便把自己的影子留在这里。根据这个

---

[1] 只有圣者居住的天界。——译者注

故事，这里也称作"佛影石窟"或"留影窟"。法显说，他清晰地看到了长三尺有余的佛影。玄奘在《大唐西域记》的注释中写道，人人都可以看见佛影，现在也偶尔有人看见。他自己应该是没有看到，我也没有看到。

我在一座寺院内看见住持付钱给从山麓运水上山的村中年轻人。运送沉重的水上山往返需要两个小时，每次能得到半卢比（约15日元）的报酬。住持付钱的时候，脸上露出很不情愿的表情。

印度的农村风情与中日两国很相似，水牛横卧在水洼中的样子应该也与越南一致。无疑玄奘也将印度农村的种种场景与祖国一一对照，他可能觉得佛教很适合农村。玄奘越过的沙漠和山区也有佛教，但他还是觉得佛教扎根于农耕生活。释迦牟尼降魔成道像的右手手指一定会伸出来触碰地面，也就是所谓的"触地印"。这种类型的佛像，比起日本或中国，印度更多，可以从中感受到"不能离开土地"的教诲。

拾壹

佛教在其诞生地印度灭亡已过千年，但东南亚、中国和日本依然还信奉佛教。因其教义具有世界性，才得以广传外国，但也正因如此才在印度被本土的信仰所取代。近代以后，佛教圈兴起佛迹朝圣，释迦证道的菩提伽耶成为最终圣地，世界各地的佛教徒都想在那里建造伽蓝，日本人也在这里建造了日本寺院。此外，还有泰国寺院、缅甸庙宇和规模不大的中国寺院。为我们作向导的是常先生在大学里教授日语，来到这里也是佛教的缘分。

佛教能否在印度复兴？日本寺院附近的一个村庄全村居民都改信佛教，村名也根据释迦牟尼的本名改名为悉达多村。据说这是一座"Harijan"[1]的村庄。以目前来看，这样的

---

[1] 意即不可接触的贱民。——译者注

例子少之又少,因为一般印度人大多只把佛教看作印度教的一个流派。

圣地也有重合的情况,摩特拉是印度教和佛教共同的圣地,也是耆那教的圣地。贝那拉斯[1]是印度教最终圣地,每个印度教教徒都憧憬在恒河水中沐浴,河岸旁是成排的朝圣者住宿地。而贝那拉斯的萨尔纳托(Sarnath)正是释迦牟尼开悟后最初说法的地点——鹿野苑。

萨尔纳托有阿育王建的塔。玄奘来访时鹿野伽蓝的佛龛有百层之多,其中收纳着黄金佛像,十分壮丽。将其荒废的是岁月,将其破坏的是莫卧儿皇帝。现在虽有一部分正在重建,但就现状而言只是用于观光。悉达多村的人们被称为"新佛教徒",那么萨尔纳托复原的建筑又该如何称呼呢?

萨尔纳托的博物馆非常壮观,不逊于摩特拉。菩提伽耶也有一座小型博物馆。我印象最深的是庭院中陈列的"受伤的佛像"。那些头被拧下、手臂折断的佛像沐浴在和煦的阳光下,这般光景令人难以忘怀。

佛教诞生于菩提伽耶,从那里传播到印度各地,又翻越高山,穿越沙漠,渡过海洋,主要是向东传,但未能在被称

---

1 正确说法是瓦拉纳西。

为"东方"的西亚传播开来,那里的风土适合犹太教、基督教和伊斯兰教。虽说佛教带有世界性,但或许也无法与之相融合。

据说,玄奘伏在菩提树下掩埋着金刚座的地上哭泣起来,或许来到印度后他开始对这个国家佛法的未来充满不安。正因如此,"要抓紧时间"的这种焦虑感也越来越强。在菩提伽耶逗留的第10天,那烂陀寺四位大德前来迎接,玄奘赶忙前往那烂陀。

玄奘写的是"那烂陀僧伽蓝",当然那里既是僧迦蓝,也是当时规模最大、同时也是水平最高的佛教大学,地位大致相当于今日埃及的艾资哈尔大学,甚至可能在其之上。因为是宗教学堂,肯定是以寺院为中心,但其氛围应该与一般寺院有所不同。

那烂陀的寺庙和讲堂也和前面的例子一样,因岁月和莫卧儿皇帝的破坏而荒废了。1861年,英国军人、考古学家亚历山大·卡宁厄姆发现这座遗迹,开始了挖掘工作。卡宁厄姆最后晋升至中将,但他因发掘佛教遗迹而青史留名,与他的军衔无关。

"那烂陀"这一名称,源自伽蓝南部芒果园水池里一条龙的名字。玄奘记录了在此建立寺院的6位国王的事迹。因为他们分别捐赠一座寺院,所以这里曾有6座寺庙。而比玄奘稍晚到此留学的义净则说有8座寺院:"如观一寺余七同然。"好像每座寺庙的结构都相同。

玄奘来到这里时,僧徒的主客人数常达1万人。除了大乘佛教的学问,也有人研修俗典(佛教之外的经典)、伦理学、音韵学、医学和数学等。能解经论20部者有1000余人、能解经论30部者有500余人、能解经论50部者有10人,玄奘在最后10人之列。通览一切、德高望重、被尊崇为众人宗师的戒贤已经年逾百岁。玄奘称其为戒贤法师,也有人称他为正法藏。

此时印度的大乘佛教已经发展得极为细致,不仅与佛教之外的宗教争论广泛而深入,佛教内部教义的争论也盛极一时。有一种"讨论迦蓝",是给予宗教辩论获胜者的迦蓝。也有击鼓挑起争论的行者,其情形仿佛武者修行一般。为了守护自己的学说,理论不断细化,训诂学也发展到了极致。

玄奘正是在有着如此氛围的那烂陀寺中学习的。虽然细致,但过于注重细枝末节反而会丧失活力。另外戒贤法师的学脉中包含"五性各别说",承认存在"不成佛者",即无论如何都无法被拯救的人。这就站在了所有人都可以成佛——"悉皆成佛论"的对立面之上。

玄奘应该有很多烦恼,他也研究了佛教之前的印度哲学,还有许多必须要学习的东西。他在那烂陀学习了5年后,又踏上旅程;在印度各地游览4年后,再次返回那烂陀寺;并且,又师从住在杖林山的胜军两年。好像在宗教辩论中,他也作为那烂陀的希望之星而异常活跃。

据说劝他回国的是戒贤法师,或许这位老法师已经感受到了印度佛教的衰弱。身为佛教守护者,戒日王的寿命也不长。佛教在这里变得只是自夸法论之精巧,而不是拯救众生,作为宗教的魅力也日渐稀薄。

玄奘出国是在唐建国后仅仅10年的事情。经历数百年的分裂之后,中国终于又重回统一,各个领域都生机勃勃,佛教界也颇具活力,但是教义未能整理出来,多有疏漏。在那烂陀吸收了精细佛学的玄奘现在应该归国了。

"学无止境。"

戒贤应该是这样对玄奘说的。不管是多么高超的名医,都不可能拥有所有的临床经验,探究佛教教义的深义也与之相似。那烂陀不仅有中国的僧人,东南亚各地,甚至全世界佛教领域的僧人都到此留学,他们的使命都是回国传法。

5世纪的法显75岁之后从印度归来,与其同行的道整则留在了印度。玄奘选择了法显的道路。

今天的那烂陀中仍有学生宿舍、食堂、水井、研究室和图书馆等遗迹,如紧紧抱住大地一般留存下来,吸引着游客的目光。但是,地面上却未能留下一座完整的建筑。据说,玄奘归国前梦到了变成荒废之地的那烂陀,那正是如今那烂陀的景象。

稍偏一点位置有一座中国风格的"玄奘纪念堂",看上去威严庄重,里面却空空荡荡。空无一物的纪念堂中没有一名访客,孤零零地立在地上。

拾贰

　　好像玄奘是在进入兴都库什山脉时才得知高昌国灭亡的消息。吐鲁番盆地中的一个小国的事情是无法那么快到达印度的中心地带的。

　　唐贞观十四年（640）秋，高昌国灭亡。那一年玄奘刚结束为期两年的钵伐多国研修，回到了那烂陀，顺利完成回国的准备，并且见到了戒日王。

　　一般认为，钵伐多是位于巴基斯坦著名的恒河流域文明遗迹哈拉帕。当时，因为那里有教授《根本阿毗达磨》《摄正法论》《教实论》的优秀法师，玄奘便将其作为留学的最后一站。回到那烂陀后，他又与师子光展开了教义辩论。辩倒对方后名声更加显赫。师子光重视龙树[1]的《中论》和提

1　2世纪到3世纪的佛教哲学家。——译者注

婆[1]的《百论》，他因驳倒无著的《瑜伽论》而闻名。玄奘就此反驳道，《中论》和《瑜伽论》不过是同一真理从不同方向的论述，相互之间并不矛盾，这即是《会宗论》。据说被驳倒的师子光羞愧之下回到自己的寺院。虽然瑜伽唯识论原本是依靠批判《中论》而成立的，但《中论》自身却并不与3世纪的种种教说相违背。

若是那烂陀中将师子光驳倒的只有玄奘一人，那么他已经到达了印度佛教界的最高水平，可以说留学的目的已经达成，必须赶紧回国。

玄奘也是在这一年见到戒日王的。其在位时间是605年到647年，见到玄奘时已是晚年。戒日王的名字在《新唐书·天竺国传》中为尸罗逸多。他的妹妹拉袈室公主是虔诚的佛教徒，受其影响，戒日王建造了许多佛塔和福利设施，每5年举行一次无遮会。所谓"无遮"就是没有遮挡、没有限制、平等的施舍，国王即是施主。据传最初由阿育王举办，中国南朝的梁武帝因前后5次举办无遮会而声名远播。

戒日王钦佩玄奘的信仰之笃与学识之深，命令大众听其讲法。当他听说玄奘即将回国，便请求他至少待到下一次无

1　龙树弟子。——译者注

遮会举办的时候。戒日王的无遮会将在第二年，即贞观十五年（641）举行。无遮会中有财施和法施，不仅仅是财物的布施和参拜仪式，还是包含有佛教学说的大讨论会。《法师传》中详细描述了这场大会的场景。因为是"无遮"，所以不分男女贵贱，也不限于佛教，婆罗门教教徒和耆那教教徒也聚集于此，一天之内将这5年间积累的所有物品丝毫不剩全部施舍出去。戒日王甚至将身上穿的衣服都施舍出去了，只好向妹妹要来简朴的旧衣服穿。为接受施舍而聚集的人们有50万之众。

玄奘到达印度后便跟随诸位法师完成预备研修，之后进入那烂陀，师从戒贤学习5年，当时便被誉为院中第一英才。如前所述，戒贤建议玄奘回国，并要求那烂陀寺的众人不要阻止他归国。

当时年迈的戒贤已经预见到印度佛教的衰退，他或许对那烂陀中的学问执拗于细枝末节的倾向感到不安。而160年后长安青龙寺的惠果阿阇梨预见中国密宗即将衰亡，则将传法阿阇梨位授予从东海而来的空海。这两种情况很类似。

玄奘因为还有与高昌国国王的约定，所以也有意尽早回国。但是眼前还有无法穷尽的课题，天竺还有没见到的地方，于是玄奘便一边旅行一边做学问。按照唐的年号来说，他在那烂陀研修是贞观四年（630）到贞观九年（635），之后游历各地；最后一站是钵伐多；贞观十四年（640）回到那烂陀。正在做归国准备时与戒日王相会，之后受邀参加无遮会的教学研讨会，又延长一年。这样一来，他踏上归国旅程时已是贞观十五年（641）。

玄奘一直在旅途中学习。他在少年时代便开始旅行，从洛阳到长安，从长安到成都，从成都再到各地拜访名僧，最后又回到长安。他在旅途中应该学到了很多东西。比如前往天竺的旅途中，石磐陀拔刀相逼，对玄奘来说应该不是第一次碰到。类似的事情在以往的旅途中也曾有过，他应该从中学到了不少经验。

戒日王的首都是Kanyakubja，被称为曲女城，无遮会在距其不远的钵逻耶伽举行。宽敞的会场在恒河与雅鲁藏布江汇合处，用竹墙圈了起来。大会接连举办了75天。结束后，戒日王也没有让玄奘立即离开，而是继续挽留了10余日。

在中国的种种旅行中，玄奘从未见过像戒日王这样的帝王。凉州都督和瓜州刺史，应该是当时玄奘接触到的地位最高的人物。开始前往天竺的旅程后，他才第一次见到高昌国国王和西突厥可汗等帝王级别的人。后来，玄奘接受唐太宗恩典时，他已经熟练掌握与帝王交往之道。无论遇到什么样的人,"为了佛法"这一标准却未曾改变。戒日王挽留玄奘10余日后,赠给他一头大象、三千金钱和一万枚银钱作为旅费。为数众多的经典、佛像和佛具也由戒日王的军队护送,国王的特使一直随行至边境。沿途各诸侯都遵照戒日王的命令,殷勤招待玄奘,为他提供一切方便。对佛法来说,这也是值得庆幸的。

从曲女城到北印度的旅途与来时相同,玄奘的心情十分放松。毗罗删拿(Vīraśana)[1]有他过去的论敌师子光,二人既是论敌又是同窗,他们都对再次相遇感到十分开心。玄奘在这里停留两个月,举办了一场特别讲座。之后在阇兰达(Jālandhara)又逗留了一个月。就这样,进入克什米尔时,正好迎来新的一年,即贞观十六年(642)。

渡印度河时因为风浪翻船,导致50卷经典丢失。在蓝波国(Lampaka),国王正在举行为期75天的无遮会。因为是游学之旅,没有必要着急,玄奘在这里又进行了丢失经典的重写工作。经典是用梵文书写在贝叶上的,因为玄奘挑选的都是中国没有的经典,所以必须趁着未出印度圈时加

---

[1] 此梵音按照陈舜臣先生标注日文转写。现在有人认为毗罗删拿来自巴利语的"Verañjā",或是梵语的"Vairambhyā""Vairañjā",如《四分律》中记载的"毗兰若"等。

以补充。

高昌国灭亡的消息应该就是在此前后听到的。高昌国国王鞠文泰已经去世,他的儿子也被带到了长安,如今已经无法履行约定了。因为曾经预定在高昌国停留两年,这么一来玄奘的时间充裕了不少。

昆都士(活国)曾是都货罗[1]所在地,玄奘来时是从撒马尔罕通过铁门到达那里的。也许当初的计划是选择与来路一样的路线,也就是选择放弃翻越库车的天山前往伊吾的路线准备前往高昌。因为已经没有前往高昌的必要了,便决定取最近的西域南道回国。从昆都士进入帕米尔高原,经由巴达克山前往瓦罕的河谷,越过高山,最后到达可以远望到慕士塔格峰的塔什库尔干。玄奘从昆都士出发时,已经是贞观十七年(643)。

1　即吐火罗。

拾叁

拂晓中的慕士塔格峰，银顶染上了通透的淡红色，如梦幻一般。

在漫长的旅途中，玄奘最为熟悉的应该就是这座山峰。我在县招待所的庭院中，将借来的大衣衣领立起，远望慕士塔格峰的朝霞时，如此想道。

此时，我置身于憧憬的帕米尔之中。从前，这里曾经叫作"竭叉"或"汉盘陀"。401年，66岁的中国僧人法显经过这里，将其记载为"喝叉国"。643年左右，42岁的玄奘途经这里，将其记作"揭盘陀国"。站在这里，我不由得想起那些从中国远赴印度的僧侣的身姿。

法显穿过塔克拉玛干沙漠，经过这里到达印度；返程时则选择了海路。

玄奘去程时翻过天山，从苏联的中亚地区前往印度；归程则取道帕米尔，在塔什库尔干停留了20余天。

"塔什"意为石头，"库尔干"指城市。塔什库尔干全县居民大约1.5万人，县城人口不足1万。虽说是县城，但也没被城墙包围起来，只是一条大道贯穿其中，两边零散地排列着县政府、招待所、医院和剧场等建筑。零散得似乎过了头，看起来有些不成格局。然而，这里曾经却是连接中国和印度的交通要道。

> 有国名伽舍罗逝。此国狭小，而总万国之要道无不由。

道安（314—385）的《释氏西域记》记载了这句话。虽然是地处帕米尔溪谷的狭小地带的国家，但所有道路都必须通过这里。4世纪时，"万国"是指中国和印度。

虽然现在已经不复往日的繁荣，但山河模样应该没有改变。自古至今，慕士塔格峰一直在黎明时分用它那浸染通透的粉色美景来抚慰旅行僧人的双眼。

1300多年前，玄奘停留在这里时，他已经从印度留学结束，踏上归途。

回到祖国的路途尚且遥远，虽说路途艰辛，但天竺研修的目标已经完成，一心所念的经文也已到手，不足的部分也能在和田补充上，只剩下回去这一件事了。与来时相比，玄奘现在的心情一定很放松。而且，从塔什库尔干所见的慕士塔格峰并不陡峭，整体带着几分圆润，给人以包容感。这景观正合乎归国途中玄奘的心情。我这样想着，也不禁松了一口气。

或许慕士塔格峰曾经安慰过玄奘，我也向它表达了谢意。

太阳升起后，慕士塔格峰便褪去粉色的妆容恢复为原本的面貌。当地人称慕士塔格峰为"慕士塔格阿塔"。其中"慕士"是冰，"塔格"是山，"阿塔"是父亲之意。冰峰如同覆盖着白色大理石一般，冰爽清凉。

玄奘在塔什库尔干的20余天中，也许每天都在远望这座山峰。不，应该说在接下来10天的塔什库尔干之旅中，他每天都是以这位冰山之父为伴的。

长久以来，慕士塔格峰都被认为是帕米尔的最高峰。1902年大谷探险队的《帕米尔游记》中记载："高度8130米，北纬38度20分以北没有比其更高的山峰。"

但测量这一高度的根据却不得而知。1900年施泰因探险队做了三角测量，结果是7433米。斯文·赫定的著作中是7800米。然而，现在的中国地图中的记录为7546米，因为1956年才有人首次登顶，所以这一数据应该可信。因而，实际上它要比在北边不远的高7719米的公格尔峰略低一些。

奇怪的是，为什么连赫定这样的人物都没有注意到公格尔峰呢？公格尔峰虽然更高，但从喀什走的话，本以为会看得见它，却不知何时消失得无影无踪了。与其相比，乘吉普车的5个小时车程，从布伦口公社到塔什库尔干一直能看到慕士塔格峰。

现在吉普车一小时的车程大约相当于以前一天的行程。因为路况不佳，吉普车的时速也只有每小时30千米左右。据说为丝绸之路商队准备的客栈之间的间隔大概就是30千米，在塔什库尔干河畔还残留着一间。

当地人称之为"亚尔提古木巴孜"。"亚尔提"是游牧民族的圆形毛毡帐篷，"古木巴孜"是居住地之意。塔什库尔干河畔的"亚尔提古木巴孜"并不是毛毡做的，而是用在当地随处可见的晒干的土炼瓦建成。里面很宽敞，挤一挤的话可以容下30人。角落里有灶台的痕迹，高高的棚顶上开着洞，可以看到蓝天。据说不是棚顶塌陷，而是一开始便如此，因为此处雨量稀少，帐篷只要能抵御大风即可。

塔吉克族的向导解说道，这个亚尔提古木巴孜不过百年，但一千多年前，这里便已建有同样的亚尔提古木巴孜了。

占塔什库尔干居民大多数的塔吉克族是雅利安系民族。

新疆维吾尔自治区中人数颇多的维吾尔族或哈萨克族使用突厥系的语言,而塔吉克族则使用印欧语系的语言。他们的相貌也是棱角分明。这位塔吉克族的青年用流利的普通话为我们讲解。

以前的旅客多带着马匹和骆驼,所以住宿要选在取水方便、青草茂盛的地方。满足这样条件的地方,过了千年也不会改变。面前这个"亚尔提古木巴孜"遗迹的历史虽然不到百年,但同样的地方肯定建过不止一个。

1890年前后,英国军人荣赫鹏(Sir Francis Younghusband)曾经骑马调查帕米尔。当时这座亚尔提古木巴孜是新建的,他可能也在此留宿。帕米尔通了汽车后,亚尔提古木巴孜便废弃了,只是作为一个纪念物被保留了下来。

塔什库尔干河对岸的萨雷阔勒岭连绵起伏。我询问了一些有着尖峰的山脉的名字,回答说是"环状列石"[1]。山的对面是苏联境内的帕米尔。距离国境线不过20千米。

玄奘或许也曾住在不知道多少代之前的亚尔提古木巴孜里。他从印度回来时,因为携带着沉重的经文,便使用大象驮经。当时带着大象的商队也不在少数。那一带虽然

1　原文"クルムレク"疑为"クロムレク",即英文"cromlech"。——译者注

是溪谷,道路却十分宽阔,大象也能轻松通过。但是,穿越狭窄的"达坂"(山口)时,大象应该如何通过呢?我有些不解。

现在的帕米尔,起码在中国领土范围内已经看不到大象的踪影,倒是可以经常看到卡车运载货物和人。

7世纪玄奘到访的朅盘陀国(塔什库尔干),其首都在何处?他撰写的《大唐西域记》中记载:"国大都城基大石岭,背徙多(叶尔羌河)河。"

塔什库尔干河是叶尔羌河上游的一条支流。

帕米尔山中的国家不具备建造大都市的能力,即使地处交通要道,繁荣一时,这里的"大"可能专指土地广阔而言。

现在的塔什库尔干县城附近曾有一座残留的城址,但如今已经夷为平地。看起来像是自下而上垒起石头建成的,也可能是利用了不高的山丘来筑城,最高处可能有20米左右,但无论如何都不是山中的城市。

1906年,施泰因报道了在河岸的岩石山顶上发现了城塞的遗迹,说是岩石山中的大都市,颇有几分奇怪。但若在山中建造长城式的城墙用来防守,把国王居住的都城建在平地上是可以理解的。如此一来,现在县城附近的城址便有可能是当时的王城。

据当地文物管理人员介绍，这座古城是历经数代堆积起来的。据说现在我们脚踏的上层部分年代约为十四五世纪，下面则历史更为悠久。

不论都城位置在哪里，玄奘在这里停留的20余天中，每天都会眺望慕士塔格峰和周围的景观。并且，玄奘也曾听过我们从当地人那里听到的传说，将它们悉数记录在《大唐西域记》之中。

过去，曾经有一位波斯国王迎娶中国的公主。公主一行在从中国到达帕米尔时，那里发生了兵乱，交通断绝。一行人把公主藏在山里，他们在山脚下警卫。不久，兵乱平息，但不可思议的是公主竟然有了身孕。其实，她在避难时，每天都与从太阳里骑马而来的日天（太阳神苏利耶）于正午时分相会。如此一来，一行人就无法再去波斯了，因为没有完成护卫的任务，会被处以极刑。于是，一行人便拥立公主为国王，留在了那里。

这就是塔什库尔干建国的传说。因为以汉人为母、日天为父，他们便称自己为"汉日天种"。玄奘也提到这里王族的相貌与中国人相同。

汉朝公主与日天所生的男孩成了这个国家的始祖。玄奘访问时,那具"乾腊"[1],也就是木乃伊仍保存完好。人们会经常为其更衣,并供上香花。这个建国传说不知道比玄奘来访时早多少年。不过,在都城东南300多里处的两座石窟中,各有一具罗汉木乃伊,玄奘在书中提到其已有700年历史。

20世纪80年代,在新疆维吾尔自治区的哈密发现了3000年前女性的尸体,这则消息登上了新闻。前几年的马王堆女尸采取了防腐措施,哈密的女尸则是自然保存下来的。这里气候干燥,具备尸体成为干尸的便利条件。

---

[1] 乾腊(qián xī),本指干梅或干肉,此处引申为尸体不枯不坏。——译者注

拾肆

玄奘离开揭盘陀国向东北出发，5天后遭到盗贼袭击。

这一带多有山贼出没。比玄奘早100多年，宋云作为使者曾经路过这里，在他的游记（见《洛阳伽蓝记》第五卷）中，介绍了住在山中水池的毒龙将住宿在池边的300名商人悉数杀死的传说，这里的"毒龙"应该就是山贼。传说，塔什库尔干国王将王位传给儿子，学习婆罗门咒法，降服了毒龙。这里说的一定是令盗贼归顺。

遭遇盗贼袭击后，与玄奘同行的商人们逃往山里，驮经的大象东逃西窜，坠入河中溺死。之前玄奘渡过印度河时也损失了经文50卷。

即使到了19世纪末，帕米尔仍有群匪出没，杀人、抢劫，无恶不作。即使是天生冒险家荣赫鹏[1]也不得不时刻警惕剽悍的坎巨提族袭击。因鲍威尔写本[2]而闻名的英国骑兵大尉鲍威尔曾在帕米尔追踪杀人犯，一直至库车，在那里发现了婆罗米文字的贝叶写本，也就是吐火罗语文本。[3]帕米尔两侧是山，多蜿蜒曲折的溪谷，地形非常适合袭击，对山贼来说是绝好的谋生地。

玄奘是与商人们同行的。之所以在塔什库尔干停留20余天，可能是等待跟商队一起出发。在帕米尔旅行，队伍的人数越多越安全。

玄奘一行被袭击的地点不得而知。实际上关于选择的路线他也没有说清楚。他说离开塔什库尔干往东北方向行走5天遇到了盗贼。若就现在的塔什库尔干而言，慕士塔格峰几乎就在其正北方向，所以一般认为玄奘是从慕士塔格峰的东侧通过的。

现在连接中国和巴基斯坦的中巴公路在慕士塔格峰西侧。我们的吉普车当然走的是中巴公路，而玄奘当年走的则

---

1 即前文提到的 Sir Francis Younghusband。
2 此写本是现存最古老的梵语文本，公元4世纪中叶用婆罗米文字写成，涉及医学、巫术和咒文等。
3 实际上鲍威尔写本与吐火罗语并无关系。

是一山之隔的反向道路。

不过，当地人则坚信"唐僧"[1]走的是和我们一样的路。

此后，玄奘出帕米尔到达了位于今喀什市的佉沙国。从塔什库尔干向东，翻越4630米的齐齐克里克岭，有一条穿过莎车的近路。早于玄奘两百年的法显走的也是这条路；20世纪初大谷光瑞进入帕米尔也是从莎车经由塔什库尔干的。

玄奘的归国路线是由塔什库尔干到莎车，再经过和田前往敦煌。这样一来，前往塔什库尔干就是绕远路，而直接前往莎车要近得多。当地人认为玄奘走的是西路可能就是以此为依据的。为了回国，走东路这条近路，经过没有什么要事的莎车确实有一点奇怪。《法师传》并非玄奘亲自所写，而是弟子慧立的著作。所以其中记载的方向和里程也不全是金科玉律。虽说是东北，到底是怎样程度的东北呢？当时塔什库尔干的都城远比现在靠西，这样一来慕士塔格峰西侧的道路也可能在东北方向了。也可能离开塔什库尔干时向东北方向前行，之后又转向了西北方向。

要是走慕士塔格峰西侧的道路，就必须翻过4800米的苏巴什岭。其被西欧探险家在地图上标记为"Uluğ Balat岭"，

---

[1] 当地人所说的唐僧即玄奘。——译者注

但因为山峰北麓有苏巴什公社,当地人便称之为苏巴什岭。

"苏"是水,"巴什"是头的意思。被视为水源的地方,常常叫这个名字。如前所述,库车也有一个名叫苏巴什的遗迹。当地人还给这座苏巴什岭起了别名叫"小头痛山"。

根据传说,玄奘从印度回到中国时翻越了帕米尔的两座高峰。海拔高时氧气稀薄,人们出现高原反应,即头痛的症状。之后更让人头痛的山峰便被叫作"大头痛山",与之相比头没有那么痛的山就被称为"小头痛山"。

"这座苏巴什岭就是小头痛山,所以唐僧一定经过了这里。"

我听到同行人员底气十足的发言,也觉得这是玄奘走过的道路了。我在笔记本上写道,从塔什库尔干乘吉普车出发时是上午9点55分,到达苏巴什岭的顶点时是11点40分。

中巴公路在中国和巴基斯坦国境线附近,很平整。但是,帕米尔山中的道路尚未铺设。乘吉普开过小头痛山,即苏巴什岭时,驾驶员告诉我们:"那里就是达坂(岭)的最高处。"

山顶的道路并不宽阔,且蜿蜒曲折。道路中央有一个白色标志,是一块10厘米见方的石头,上面涂着白色油漆之类的。我们转眼间开了过去,没能仔细观察,那应该不是石头而是水泥，但我们已经无法下车再确认了。

"您头痛吗？"祝大夫问道。

"不痛，没有任何问题。"

"那太好了。"

按照中方的规定，从喀什进入帕米尔之前必须接受身体检查。这是为了防止高原反应而发生意外，以前偶尔有翻越帕米尔时死亡的情况。检查项目是血压和心电图。检查时，我和同行的伴野记者亮起了黄灯。好不容易来到喀什却无法进入帕米尔，让人十分伤心。这次旅行是拜托中国作家协会安排的，1978年5月访日的作家代表团成员林绍刚先生特意与我们同行。我们便几乎带着哭腔向他求助。喀什方面与北京的冯牧先生通话至深夜，并在宾馆的楼下召集医生开会。最终允许我们进入帕米尔，但是带有几个条件：一是必须有医生同行，并携带氧气瓶；二是在帕米尔山中绝对禁止饮酒；三是不可大声说话、唱歌、奔跑。

因此，喀什第一医院心脏病专家祝家庆先生和维吾尔族女医生阿比贝芭与我们同行。中国称医生为"大夫"，祝大夫还是不到40岁的青年，任凭吉普车在溪谷的路上颠簸，他一直泰然自若地睡着觉。快要到达4800米的苏巴什岭时他睁开双眼为我们把脉，幸运的是一切正常。

塔什库尔干海拔3200米,我们在那里停留数日,身体便渐渐能适应高海拔,返程才会安全。我们凭着现代文明的利器安然无恙地越过了让玄奘稍感头疼的苏巴什岭。

《新唐书·西域传》有塔什库尔干一项,介绍了"揭盘陀""汉陀""渴馆檀""渴罗陀"等种种别称,也记述了该国的位置,其中有"西南即头痛山"一句。

《新唐书·西域传》已经在天竺一项中记录了玄奘的事情。我认为,如果头痛山这一地名的由来出自玄奘,那应该在这一项中提一句才对。既然没有提到,可见在玄奘之前就应该有头痛山这一地名了。高原反应这一症状肯定不是从玄奘开始的。

在《新唐书》中,头痛山位于塔什库尔干的西南,恐怕指的是克里克峰和明铁盖达坂,无疑就是当地传说的"大头痛山"。但是这两处山峰海拔都是4600米,要低于苏巴什岭。

要是仅从高度来考虑,苏巴什应该是"大头痛山"。不仅仅是玄奘,从天竺经由帕米尔北上的人们都会渐渐适应高海拔,即便是同样的高度,越往北头疼症越能得到缓解。苏巴什岭被称为小头痛山是讲得通的。

越过苏巴什岭,视野一下子开阔起来,慕士塔格峰全貌一览无余。

"峠"是日本创制的"国字",汉语中没有这一汉字。从字形上看造字时是经过深思熟虑的。中国称"峠"为"山口",新疆多用维吾尔语dawan的音译词"达坂"。古书中的"孔道"也有同样的意思,但同时也有"近道"之意。

苏巴什岭的南边居住着塔吉克族,北边居住着柯尔克孜族。这个山口也起着居住区边界的作用。

如前所述,塔吉克族是雅利安系,与玄奘经过的揭盘陀国居民几乎是同一民族,但现在其居民信奉的宗教已经与玄奘时代的截然不同。

玄奘在《大唐西域记》中记载该国"伽蓝十余,僧徒五百余"。不仅如此,据说老国王为了得到住在南边呾叉始罗国的绝代高僧童受论大师(Kumāralabdha),竟威胁进攻该国,还为他建造了大伽蓝。

伊斯兰教创始人穆罕默德与玄奘基本是同时代人。穆罕默德从麦加前往麦地那这一年被称为伊斯兰历元年,即622年。同年,年轻的玄奘不满足于在四川的研修生活,离开成都去了长安。

穆罕默德占领麦加时的630年,玄奘进入印度的那烂陀寺学习。两年后,穆罕默德去世。

拾伍

　　翻越苏巴什岭到达北麓后,湖水随处可见,绿油油的草原上牛群悠闲地吃着草。道路两旁静静地排列着伊斯兰风格的墓地,也可以看到硕大的野兔横穿道路奔跑而去。

　　真是一派祥和的景象。

　　山贼只能在更加狭窄的山谷间出没。

　　苏巴什公社的北部是布伦口公社。布伦口本为柯尔克孜语"布伦库勒"的转音,"库勒"是湖的意思。布伦口的村落距离道路非常远,在布伦口的歇脚地附近我们也没有看到像样的民居。我们往返都是在临时歇脚的地方用餐,据说这里海拔有3600米。

　　令人惊讶的是,看上去简陋的歇脚地,食物却十分可口。大家都觉得比北京饭店好吃。服务员的态度也非常好,让人心里暖暖的。

"北京饭店的厨师和服务员应当来这里进修。"我们说道。

在歇脚地的庭院中玩耍的柯尔克孜族的孩子们也很有魅力。柯尔克孜族因骁勇善战著称,但实际上他们十分淳朴。

布伦口的歇脚地偶尔会有巴基斯坦的司机过来吃饭。我们的吉普车司机是汉族人,但去过巴基斯坦多次,跟我们聊起了该国最大的城市卡拉奇。

实际上我最初曾打算经过这条中巴公路前往巴基斯坦。但是,这条路是商路,不是给旅行者准备的。所以,国境处没有负责旅客出入的工作人员。但货车司机只需要提供一纸证明便可出入国境。

出布伦口前往喀什后变为东北方向,在那一带看到了盖孜河。这里的地形终于适合山贼出没了。我们又走过了慕士塔格峰的山区,这里可以看到公格尔山脉,也作"贡格尔",其海拔7719米,高于慕士塔格峰。如前所述,慕士塔格峰从开阔的土地上能看到其全貌,所以会给人很深刻的印象。而公格尔山,至少从我们通过的道路来看,从周边的卫星山脉缝隙中可以看到它变化多端,仅能看见山的一部分。虽然富于变化,却缺少能够打动人心的绝佳景色。

公格尔有两座山峰,登山家分别称之为第一峰和第二峰。前述高7719米的是第二峰，第一峰约为7600米，当地人称之为"贡格尔九别"。1956年人类初次登顶第一峰，而第二峰至今仍是一座处女峰。

初次登上第一峰的是中苏联合登山队；1961年第二次登顶的全部是中国人，且登山队员皆为女性。

按照我的推断，玄奘可能是在盖孜河溪谷遭到盗贼袭击的。不管他从慕士塔格峰的东边走还是西边走，都必须出布伦口进入盖孜溪谷。

乘坐吉普车从塔什库尔干到这里要花大约5个小时。在前面也提过，吉普车1小时的车程大约相当于以前1天行程。这与玄奘从揭盘陀国出发5天后遇袭的记述相符。大象在那里东逃西窜，坠入河中溺亡，所以应当在河边，而且不应该是一条小河。

汉语把帕米尔叫作"葱岭"。其来源说法不一，有人说是因为山上长葱，有人说山体呈"葱翠"色，也有人说是当地人发音的音译。

《汉书·西域传》中已有"西域三十六国，西侧限于葱岭"的记述，可知这一名称古已有之。

《新唐书·西域传》中也有"葱岭，俗名极疑山。环揭盘陀国"。

玄奘的《大唐西域记》是这样描述帕米尔高原的："东西南北各数千里,崖岭数百里,幽谷险峻,恒积冰雪,寒风劲烈。"

高原环境如此严酷,又有山贼出没,但翻过这座帕米尔高原,前方更有塔克拉玛干沙漠在等着他们。

"上无飞鸟,下无走兽,复无水草。"《玄奘传》中有这样的记载。

比玄奘早200年到天竺旅行的先驱法显虽然去天竺时途经西域,但回来时便选了海路。而迟于玄奘前往天竺的义净来回走的都是海路。虽然乘船也有遇到风暴的风险,未必安全,但乘上船便把一切都交给船和天气了。与走陆路要穿越雪山和流沙相比,肉体上要少吃很多苦头。玄奘不知道高昌国灭亡的消息,一路来到兴都库什,在此知道没有去高昌的必要了,但也已经无法返回走海路了。

西域南道中,南有昆仑山,北有塔克拉玛干沙漠,这是一条由喀什到和田、再由楼兰故地到达敦煌的路线。1977年夏,我们花了一天从喀什赶往和田。在繁星依旧闪烁的清晨我们乘上吉普车从喀什出发,经过莎车和叶城,深夜才到达和田。玄奘走了多久,是否走了这条路都不得而知。《法师传》只记录了他从喀什(佉沙国)向东南走了500余里渡过徙多河，翻过大岭到达叶城（斫句迦），从那里再东行800余里到达和田（瞿萨旦那）。当时商队一天行程为60里（约为30千米），所以要花上20多天，途中可能又在莎车或是叶城逗留了数日，所以一共差不多一个月，而实际他在不算大的城市勃伽夷还逗留了7天。

在和田，为了补充损失的经典，玄奘向喀什和库车派遣了使者。因为17年前出国并不合法，如今回国还要得到唐的谅解，为此玄奘让一位名叫马玄智的高昌青年与商队同行，委托他带去请求宽恕的表文。能够做好这些事情，得益于戒日王赏赐的巨额金银财宝。

有人批评玄奘，说他一边信奉唯识论，认为一切存在不过是从心中创造出的虚假存在，一边又过于接近政治权力。然而，也有这样一种观点认为，正是因为信奉唯识论，他才不会在意是接近权力还是远离权力。

唯识论的目的是消除世人一切烦恼，可以说是对灵魂的救赎。为了使更多人安心，接近权力并寻求权力的帮助自然是便捷有效的。这样一来，接近权力也是慈悲行为。

在当时的印度，与解决人的烦恼、尤其是将人从对死亡的恐惧中解放出来相比，唯识论已经成为一门精致的学问。研讨的时候僧侣多偏离普度众生的目的，而将重心放在如何辩倒对方上。身为导师的戒贤规劝玄奘回国也是担心他在那种你死我活的争论中迷失自我。

而在动乱的旋涡中成长起来的玄奘从未迷失过自我。要说服别人，他首先必须说服自己。玄奘为此孜孜以求，为了学习而远赴天竺。在他看来艰辛遥远的旅行也不过是发之于心的假象，借助权力能使大众内心平静的话，就没有拒绝的道理。

凭借大小掌权者的庇护，玄奘得以前往天竺，其中也包含将凉州都督的通告撕毁的瓜州官员李昌、最初接待玄奘的国王高昌王鞠文泰。按照当时的情况，要是没有掌权者的支援，旅行本身会变得极为艰险。而且，还必须在天竺收集经典，且因为在那个时代，经典需要雇用抄写员誊抄，必须得支付报酬，这一最关键的工作也必须获得掌权者的财政支持。之后还要将其运到中国，更需要庞大经费。这一切仅一介行脚僧是无法做到的，必须借助掌权者的力量。

归唐的玄奘受到了盛大的欢迎，私自出国一事当然也被赦免。对他如此有勇气的行为，唐太宗似乎也大为感动。他看中玄奘的才能，要求他还俗在身边辅佐自己，玄奘当然坚持不就，如被强留在高昌国时矢志不渝。玄奘即便接近当权者，但基本原则十分明了，一以贯之，其原则无非是以拯救众生为目的。

带回唐朝的庞大经典必须要翻译，如前所述，这是一项国家级的大事业，个人是绝对无法完成的。

玄奘回到长安是贞观十九年（645）正月。漫长的旅途虽然结束了，但译经工作才刚刚开始。到达长安的第二天，他便将带回的经典与佛像在朱雀门南面公开展览。佛像姑且不论，用梵语在贝叶上书写的经典，如果原封不动，在中国则毫无作用，只有将其翻译成汉语，才能让更多的人了解其内容。因此，必须集合全国各地的高水平学僧，并从培养翻译人员着手。一切都要从这里开始。"转识得智"——清洁有污垢的"识"，方能得到清净的智慧。为了让每个人都能够达到这样的状态，接下来就由玄奘来指引众生了。

前往天竺的旅行，一言以蔽之，是一场大慈大悲、壮绝高尚的行动。1300多年后，我一边继续着追寻玄奘足迹的旅途，一边为他的慈悲深深折服，因其行为散发出的无限光芒而目不暇接。人类无论何时都该为他的慈悲而自豪。

后记

5年来,"通往天竺之路"是我的一份"作业"。以此标题在《朝日新闻》连载(1980年1月4日—3月1日)文章,目的是为了追寻玄奘走过的道路,姑且把旅行的氛围写出来。在最后一次连载中我做了预告,希望添加一些内容后整理为一本书。确实印象中用了"近期……"这样的字眼。但是,当我开始探寻驱使玄奘开启这段苦难行程的原因时,我的写作便立即停了下来。我开始学习唯识论,又被华严思想所吸引,最终兴趣又转向密宗。现在想来,虽然谈不上离题,但也因此迟迟未能完成"作业"。

这让我不禁想起那烂陀寺戒贤大师规劝玄奘归国时的话:"智无涯也,惟佛乃穷。更参他部,恐失时缘。"所以,与其交出一份完整的答卷,我选择了如约交出一份适合自己的答卷,即便是拖延了太长时间。

报纸上连载的内容相当于本书的第三部分,但也在原文的基础上增添不少。第一部分、第二部分是玄奘壮大旅行的"缘起",我尽力用我的笔触勾勒其周边的部分。我认为,与其讲述自作聪明的一己之见,还是尽可能地列举关于缘起的事实更佳。这些工作大致有了眉目,便悄悄地提交上来,尽管我为迟交这份"作业"感到羞愧。

《朝日新闻》社对布置"作业"一事念念不忘,他们的耐心也让我感动。我给负责人福原清宪先生和樱井孝子女士添了不少麻烦,谨在此表达我的歉意和感谢之情。

陈舜臣

1986年5月于六甲书房

这"八顿"倒很贴切，呵呵……

河马爸在柜台另一端冲这边高喊着："老黑熊，你是因为一天吃八顿饭外加零食，所以起名叫八顿吗？"话音未落，酒馆里爆发出愉快的大笑。老熊倒颇大方，因为他和这些伙伴没事儿就在三流酒馆开玩笑，早习惯了。他把剩下的啤酒一口喝干，大声说："跟你们这些家伙没法说正经的，我早知道你们没有好话，不过我还是得说，我的名字就是历史上那个著名的巴顿将军的名字，就是英武勇敢的代名词。"酒馆里传来一阵口哨声，"我们就叫你八顿了，管他是将军还是八顿饭，没准巴顿将军每天也吃八顿饭，要不他的胆儿怎么来的，哈哈哈……"狼爸、虎爸、犀牛爸围着柜台笑弯了腰，酒保打酒时也笑得拿不住杯子了。

就这样，八顿的名字叫开了。这个名字用熊镇的发音叫出来，听着憨厚朴实，又有点儿壮壮的感觉，大家都觉得和老熊的性格非常匹配。当然，他的那些伙伴时不时地会拿这个和他开玩笑，老熊也不在乎，因为熊镇的动物哪个不是一天几顿饭啊！

这就是八顿名字的来历。

王立昕：曾经作为建筑师在英国留学，取得生态建筑硕士学位，并在当地事务所工作。这一段留学和工作经历使她对于"人与自然和谐共生"的理念具有深刻的体会。归国后在地产行业工作多年。擅长绘画，是《熊镇的故事》联合作者和插画绘制者；生在北京长在北京，从小就喜欢动物，小动物是她最好的玩伴儿。工作生活的阅历给了她创作灵感，使她可以通过动物的视角将社会中的点点滴滴表现出来。

石燕学：一名热爱生活、兴趣广泛的建筑师，主持设计过多个公共建筑（最远的矗立在赤道以南的非洲大地上）。观察力强，想象力丰富，是《熊镇的故事》主要写手；善于从生活中发现有趣的事儿，随手放进熊镇的故事里，不知不觉间就让老熊、小熊以及镇子上各种动物的形象鲜活了起来。